江口 連
author Ren Eguchi
イラスト 雅
illustration Masa
とんでもスキルで異世界放浪メシ
15 貝柱の冷製パスタ×賢者の石

フェル
ムコーダ
「ドラちゃんもスイも
何してるの!?
フェル、ゴン爺、起きろっ!」

♪
ドラちゃん
スイ
ゴン爺
『人の眠りを妨げてはいかんぞ、主殿』

フェオドラ

『…………』

フェオドラさんが、
できあがっていく料理を
凝視している。

とんでもスキルで異世界放浪メシ

15

貝柱の冷製パスタ
×
賢者の石

前回までのあらすじ

胡散臭い王国の「勇者召喚」に巻き込まれ、剣と魔法の異世界へと来てしまった
現代日本のサラリーマン・向田剛志（ムコーダ）。
どうにか王城を出奔して旅に出るムコーダだったが、
固有スキル『ネットスーパー』で取り寄せる商品やムコーダの料理を狙い、
「伝説の魔獣」に「女神」といったとんでもない奴らが集まってきては
従魔になったり加護を与えたりしてくるのだった。
創造神様から頼まれて、悪行三昧のエセ宗教である
ルバノフ教にお灸をすえたムコーダ一行。
その後に立ち寄ったロンカイネンの街で
偶然再会した冒険者パーティー“箱舟”と共に、
小国群にある手付かずのダンジョンに挑戦することに。
そしてダンジョンの第２階層に到達したけれど……？

ムコーダ

人間

現代日本から召喚されたサラリーマン。固有スキル『ネットスーパー』を持つ。料理が得意。へたれ。

固有スキル

『ネットスーパー』

いつでもどこでも、現代日本の商品を購入できるムコーダの固有スキル。購入した食材にはステータスアップ効果がある。

人物紹介

ムコーダ一行

フェル
従　魔

伝説の魔獣・フェンリル。ムコーダの作る異世界の料理目当てに契約を迫り従魔となる。野菜は嫌い。

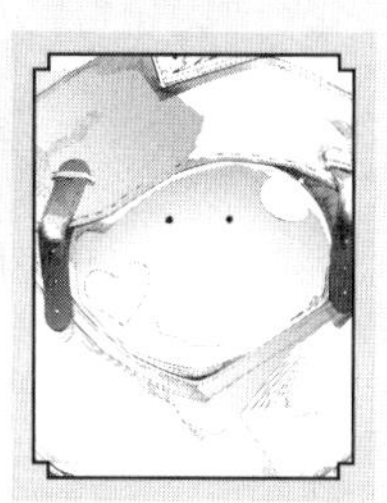

スイ
従　魔

生まれたばかりのスライム。ごはんをくれたムコーダに懐いて従魔となる。かわいい。

ドラちゃん
従　魔

世にも珍しいピクシードラゴン。小さいけれど成竜。やはりムコーダの料理目当てで従魔となる。

ゴン爺
従　魔（300年限定）

かつてフェルと激闘を繰り広げた古竜。案の定ムコーダの料理目当てで従魔となる（300年限定）。

神　界

ニンリル
神　様

風の女神。お供え目当てでムコーダに加護を与える。異世界の甘味、特にどら焼きに目が無い。

アグニ
神　様

火の女神。お供え目当てでムコーダに加護を与える。異世界のお酒、特にビールがお気に入り。

キシャール
神　様

土の女神。お供え目当てでムコーダに加護を与える。異世界の美容品の効果に魅せられる。

ルサールカ
神　様

水の女神。お供え目当てでムコーダの従魔・スイに加護を与える。異世界の食べ物が大好き。

◀ 進む

もくじ

第一章 潮の香り? 005頁

第二章 人生終了。かと思った 021頁

第三章 タイラントソードフィッシュ 052頁

第四章 賢者の石 075頁

第五章 ラッキーパンチ 111頁

第六章 "アーク"ノメンメンガナカマニナリタソウニコチラヲミテイル。 135頁

第七章 リヴァイアサンVSエンシェントドラゴン 151頁

閑話 地獄への階段 188頁

第八章 ギルドマスターおかんむり 197頁

第九章 お久しぶりのステータスチェック 225頁

第十章 いざ王都へ! 248頁

番外編 無限キャベツ 274頁

10 × 章

1 × 閑話

1 × 番外

第一章　潮の香り？

偶然再会した冒険者パーティー〝箱舟（アーク）〟と一緒にやってきた手つかずのダンジョン。

1階層のボスのアサシンジャガーを倒し、岩と岩が重なる間の穴に入る。

数メートル先に階段があり、そこを下りていく。

「なんか、長い階段だな」

他のダンジョンより長い階段だ。

既に50段くらい下りたように思うんだけど。

少し緊張しながら、さらに下りていくと、ザーッザーッと音が聞こえてくる。

そして……。

「………潮の香り？」

階段の終わりに、光と共に目に入ったのは砂浜だった。

砂地に立った俺は、周囲を見回して絶句した。

俺たち一行が立っていたのは、ヤシの木が数本立つ砂でできた島で、その周りはエメラルドグリーンの常夏の海が広がっていたのだから。

「こんなのって、アリなのか？　ここ、ダンジョンだろう？」

困惑と共に思わずつぶやいた言葉。

『フハハハハハハ。海とは面白いではないか！』

『確かにのう。儂も海は久しぶりじゃ。ワクワクするわい』

『海か！　美味い魚が食えそうだな！』

『海のお魚さ～ん！』

この光景にも食いしん坊カルテットはヤル気満々らしい。

この訳の分からない光景にもこの態度。

みんなには頼もしさを感じるよ。

一方、こちらの面々はというと……。

ガウディーノさん、ギディオンさん、シーグヴァルドさん、フェオドラさん、〝箱舟〟の4人は呆然とした顔をして完全に固まっていたのだった。

◇◇◇◇◇

「手付かずのダンジョンと聞いて、冒険者冥利に尽きると興味本位で付いてきたのが間違いだったのかもしれん。リーダー失格だ……」

「それを言うなら、みんな同罪だろ。しかし、こう来るとはなぁ……」

「そうじゃ。儂も欲に目がくらんだ。ガウディーノだけを責められんわい」

「ダンジョンに海……。こんなの、聞いたことない………」

砂浜に車座になって、生気が抜け落ちたような顔で話す〝箱舟(アーク)〟の面々。

『おい、彼奴(あやつ)らは何故(なぜ)暗い顔をしているのだ？』

「そりゃあこの光景を見たからだろ」

これを見たら、そうなっちゃう気持ちも分からないでもない。

水平線まで広がる海。

これをどうやって進んでいくのか。

ここは本当にダンジョンなのか？

果てはあるのか？

あるとして、本当にそこまで辿(たど)り着けるのか？

そりゃあいきなりこの光景を見たら、いろんなことを考えちゃうってもんだよ。

俺はフェルたちがいてくれるから、まだ冷静でいられるけどさ、普通ならねぇ。

というか、ドラちゃんとスイは波打ち際でキャッキャ、キャッキャ遊んでいて、それを見守るゴン爺(じい)が好々爺(こうこうや)よろしく『これこれ、あんまり遠くに行ってはダメじゃぞ』なんて言っているほのぼの風景と〝箱舟(アーク)〟の面々との対比がヒドい。

とは言っても、俺も全く心配がないわけではない。

「ここ、どうやって進むんだ？」

『移動はゴン爺かスイに任せればいいだろう』

「そう言うけど、ゴン爺もスイも、全く休まずにというわけにはいかないだろう？」

『なにを言っておる。休む場所ならいくらでもあるだろう』

「いくらでもあるって、どこにそんな場所があるんだよ？」

『島が点々とあるではないか。そこを伝っていけばよい』

「……島？」

『そうだ。この方角にもあるではないか』

フェルが鼻先で指す方向を、レベルが上がって良くなった目でジーッと見つめる。

ジー………。

「んん？　あれか？」

黒いゴマのような点が見えた。

『そうだ。その他にも島はあるから心配いらん』

「ほ～、そうなのか。ちょっと安心した。でも、フェルは地形までよく分かるよな」

『ま、我くらいになるとな』

そう言いながらドヤ顔をかますフェル。

「あーはいはい。さすがフェルだよ」

そう言って俺は苦笑いした。

『それよりもだ、早速食材が手に入ったようだぞ』

「食材？」

フェルが見ている方を見ると……。

『エーイ！』

ビュッ、ビュッ――――。

『ほらよっと！』

ザシュッ、ザシュッ、ザシュッ――――。

口を開いて次々と押し寄せてくる二枚貝を酸弾と氷魔法で屠るスイとドラちゃん。

「な、なにあれ………」

波打ち際にいたドラちゃんとスイに殺到していたのは、シャコ貝みたいな二枚貝だった。

『魔物に決まっておるだろう』

いや、そうなんだろうけど、1メートル近いデカい貝が次々押し寄せてくるってキモイな。

顔を引き攣らせていると、戦闘は早々に終わったらしく、スイがポンポン飛び跳ねながら『あるじー』と俺を呼んだ。

「大丈夫だったか、スイ？」

『大丈夫だよー！　貝さんがいっぱい来たからドラちゃんと一緒に獲ったのー』

「そ、そうか」

『そうそう。で、これよ。身を落としたから食えるんじゃないかなーって、スイと一緒に獲りまくったってわけさ』

そう言うドラちゃんがホバリングする真下の波打ち際には、ドロップ品であろう大量の貝の身が集められていた。

鑑定してみると……。


【ジャコ貝の身】

食用可。割と美味しい。


ざ、雑～。

というか、俺の鑑定は食に関して特化し過ぎだと思うんだ。

食えるか食えないか、美味いか不味いか、必ず書いてあるもんな。

なんでか付いた〝孤独の料理人〟って称号が影響してるんだろうけどー。

ま、便利だからいいけどさ。

「割と美味しいみたいだから、あとで焼いてみんなで食うか」

『わーい』

『久々の海の幸か楽しみだぜ！』

ドラちゃんとスイの獲ったジャコ貝の身をアイテムボックスにしまっていると、ゴン爺の声が。

『第二陣が来たようじゃぞ』

「第二陣？」

不思議に思い、ゴン爺の視線の先を見ると……、

「うわっ」

ホタテに似た大量の二枚貝が、海面をピョンピョン飛び跳ねながらこちらに向かって来ていた。

『おい、あれは食えるのか？』

『儂の鑑定では、食用可となっているのう』

『スイ、あれ食えるって！　獲るぞ！』

『ハーイ！』

ドラちゃんとスイは、喜び勇んで再び貝獲りに勤しんだのだった。

…………………

…………

……

俺の目の前には、俺の顔ほどの大きさの貝柱が大量に積み上げられていた。

『いや～、大漁大漁』

『いっぱい獲れたね～』

海の街ベルレアンで食ったホタテに似たイエロースカラップ、あれもデカいと思ったけど、これはその比じゃないね。

さっきのホタテに似た二枚貝は50センチ以上はあったもんな。

その貝柱だもん大きいはずだよ。

ゴン爺の鑑定だと食用可らしいけど、自分でも一応鑑定してみる。

【ジャイアントスカラップの貝柱】
　食用可。焼いても煮ても美味。

焼いても煮ても美味か。
貝柱だもんね。
いろんな料理に使えそうだね。
最初はシンプルなバター焼きにして出しても良さそうだな、なんて考えていると……。
『よし。早速食おうぜ！』
『食べる～！』
『うむ。食材も揃ったことだし、飯にしろ』
『それはいいのう。海の物は久しぶりだ。主殿、とびきり美味い料理を頼むぞい』
まぁ、そうなるよね～。
食材があれば食いたくなるよね。
この食いしん坊たちは。
昼飯にはちょっと早いけど、まぁいいか。
落ち込んでる〝箱舟〟の面々にも、美味いもの食って早いとこ復活してもらいたいし。
そういうわけで、久しぶりにやりますか。
アレを。

そう考えながら、アイテムボックスから特製ＢＢＱコンロを取り出して準備を始める俺だった。

お久しぶりの海鮮ＢＢＱだ。

食材はドラちゃんとスイが獲ってくれたジャコ貝とジャイアントスカラップの貝柱。

そのままだと大きいから適当な大きさに切り分けておく。

塩胡椒(こしょう)をして焼くだけでも美味そうだけど、なにかもう一品と思い、そう言えばと思い出したものがあった。

「確かネットスーパーで鍋を買ったときにあったの見たんだよな……」

〝箱舟(アーク)〟の面々がこちらを見ていないのを確認してから、ネットスーパーを開いた。

そして、キッチン用品のメニューを見ていくと……。

「お、あった。これこれ、スキレット！」

大小あったスキレットの大きい方をとりあえず４つ購入。

これで作るのは、今度ＢＢＱをやるときには作ってみようと思っていたアヒージョだ。

貝もアヒージョにしたら美味いし作るしかないでしょ、これは。

付け合わせにと買ったシメジは石突きを切り解(ほぐ)して、マッシュルームは半分に切っておく。

アヒージョに欠かせないニンニクはみじん切りにして、鷹(たか)の爪(つめ)は輪切りに。

スキレットにオリーブオイルを入れて、ニンニクと鷹の爪、塩を入れてＢＢＱコンロの網の上に。

フツフツして香りが立ってきたら、シメジとマッシュルームと貝を入れていく。

ジャコ貝とジャイアントスカラップの貝柱のスキレットを２つずつだ。

火が通ったところで、最後にミル付きの容器に入った黒胡椒をガリガリ。

「よっしゃ、出来た！」

『よし、食わせろ』

『主殿、早速』

『よっしゃ、食うぞー』

『あるじー、ちょーだーい！』

スタンバっていた食いしん坊カルテットから催促が。

「あー、分かったから待て待て」

塩胡椒を振って焼いたジャコ貝とジャイアントスカラップの貝柱のアヒージョをそれぞれの皿に盛っていく。

クッ、食いたかったアヒージョが食いしん坊カルテットによそったらなくなったぜ。

貝山盛りの皿をみんなに出した後、ＢＢＱコンロに追加で塩胡椒を振ったジャコ貝とジャイアントスカラップの貝柱を載せて焼いていく。

もちろんスキレット４つを使ってアヒージョを作ることも忘れない。

『これは、酒が欲しくなる味じゃのう』

そう言いながら俺をチラチラと見てくるゴン爺。

チラチラ見たって出さないからね。

ここはダンジョンなんだから、さすがに酒はダメだろ。

酒なんか飲んで油断したら危ないだろうが。

『けっこう美味いな、この貝』

『美味し〜。いっぱい獲って良かったね〜』

ドラちゃんとスイは、自分たちが獲った貝が美味いことにご満悦だ。

『悪くない。確かに悪くないが、これだけでは物足りないぞ。ここはやはり肉だ、肉を焼け！』

フェルがそう言うと、ゴン爺、ドラちゃん、スイも『肉！』と目の色が変わる。

あ〜、うちはやっぱり肉至上主義なのね。

俺は苦笑いしながらも、肉大好きなみんなのために、ＢＢＱコンロにギガントミノタウロスの肉を大量に載せていった。

ちなみにギガントミノタウロスの肉もシンプルに塩胡椒のみを振り焼いている。

肉を焼きつつジャコ貝のアヒージョをパクリ。

「鑑定では〝割と美味しい〟って出てたけど、めっちゃ美味いじゃんか」

火が通ったことで身はふっくらとして、噛むとジワッと貝独特の旨味があふれてくる。

その旨味と鷹の爪が入ったちょいピリ辛なニンニクの風味がめちゃくちゃ合っている。

確かにこれはゴン爺の言うとおり、酒が欲しくなる味だわ。

続けてジャイアントスカラップの貝柱のアヒージョもパクリ。

「く～、これも美味い！」

貝柱の旨味とピリ辛ニンニク風味がたまらん。

ついついアヒージョに手が伸びそうになるが、そこは抑えて後ろを振り返った。

その先には、車座になって未だ落ち込んだ顔をしている〝箱舟〟の面々が。

はぁ～、気持ちは分からなくもないけど、ここまで来ちゃったんだからしょうがないでしょ。

焼けた肉を食いしん坊カルテットの皿に手早く配り、トングを脇に置いて〝箱舟〟の皆さんに近付いていった。

「皆さんも一緒に食いましょうよ」

「ムコーダさん……」

力なく俺の名前を口にするガウディーノさん。

「皆さん落ち込まないでくださいよ。うちのみんなに任せておけば何とかなりますから。ね」

そう言うと、さらに項垂れたギディオンさんがため息を吐く。

「でもよ、俺たちムコーダさんたちに迷惑ばっかかけてる気がする。1階層だって、俺たちだけだったら絶対に抜けられなかったはずだぜ……」

その言葉に同意するように、シーグヴァルドさんが「さらにここの階層もとなるとのう……」なんて言って、ムキムキの肩を落として落ち込んでいる。

匂いに釣られて一番にＢＢＱに飛び付きそうなフェオドラさんまで無言のまま下を向いていた。

お通夜のような雰囲気に、まったくこの人たちは真面目なんだからと思う。

「あのですねー、俺たちは一緒にこのダンジョンに潜ろうってことで合意して来たわけですよ。すなわち、臨時ですが同じパーティーってことですよね。それは仲間ってことなんじゃないんですか？　仲間なら助け合って当然じゃないですか」

俺がそう言うと、〝箱舟（アーク）〟の面々がハッとした顔をする。

「仲間か……。そうか、そうだよな。俺たちは共同でこのダンジョンに挑んでいるんだから」

ガウディーノさんがそうつぶやくと、ギディオンさんもシーグヴァルドさんもフェオドラさんも頷（うなず）いている。

顔を上げた〝箱舟（アーク）〟の面々の表情はどこか吹っ切れていた。

「よし！　ムコーダさんの美味い飯、ご馳走（ちそう）になろうぜ！」

「そうじゃのう。ムコーダさんの飯はどれも美味いから逃（のが）せんわい」

「いっぱい食べる」

明るい顔に戻ったみなさんにホッとした俺だった。

と、その時……。

〝箱舟（アーク）〟の面々の背後の砂地から巨大な何かが飛び出してきた。

「ブハッ、な、な、何だぁっ!?」

顔にかかった砂を払い、前を見ると……。

大きな鋏（はさみ）をカチカチ鳴らして、今にも俺たちに襲い掛かろうとする魔物がいた。

「うわっ！」

焦る俺とは対照的に、〝箱舟（アーク）〟の面々は落ち着いていた。

「ジャイアントココナッツクラブだな」

「リーダー、知ってんのか？」

「本でな。見たのは初めてだ」

「ほー。勉強熱心なことじゃな」

「そのおかげで倒し方も分かってるんだ、バカにできんもんだろ。Ａランクだが、アイツの武器はあの鋏だけ！　アレを封じさえすれば、俺たちでも倒すことは可能だ！　フェオドラ！」

「うんっ」

フェオドラさんがボソボソと何かを念じると……。

太い蔓（つる）が砂地の中から飛び出してきた。

そして、その太い蔓がジャイアントココナッツクラブの鋏を雁字搦（がんじがら）めにした。

「俺とギディオンは関節を重点的に攻めるぞ！　シーグヴァルドは頭を思いっきりぶっ叩（たた）け！」

「了解！」

「おう！」

了承の声とともに開始される攻撃。

ジャイアントココナッツクラブ、なるほどヤシガニの魔物か。

いつかテレビで見たヤシガニに確かに似ている。

カニとは言いつつも実はヤドカリの仲間なんだよな。

3メートルはあろうかという巨大ヤシガニの胴体の付け根の関節部分を、ガウディーノさんのバスタードソードが叩くように切りつける。

同じ関節部分にギディオンさんのミスリルの槍（やり）が突き刺さる。

シーグヴァルドさんは自慢のウォーハンマーで頭をタコ殴りだ。

自分の武器を封じられた巨大ヤシガニことジャイアントココナッツクラブは、数分もしないうちに倒されることとなった。

残されたのは、たっぷりと身の詰まっていそうな鋏と小ぶりな魔石だった。

「よっしゃぁぁぁっ！」

ギディオンさんの雄叫（おたけ）びの後、肩を叩き合う〝箱舟（アーク）〟の面々がいた。

そして……。

「ムコーダさん、これを」

そう言ってジャイアントココナッツクラブの鋏を俺に渡してくるガウディーノさん。

「ジャイアントココナッツクラブの身って美味いらしい」

「いつも美味い物食わせてもらってるんだから、俺たちもたまには食材を提供しないとな」

頭の後ろで手を組みながらギディオンさんがそう言った。

「ハハッ、それじゃあ早速ＢＢＱの食材にしますか！」

それっとばかりに、獲れたてのジャイアントココナッツクラブの身に舌鼓を打つ俺たちだった。

〝箱舟〟の面々が戦っているときに、呑気に肉を食っていた食いしん坊カルテットもちゃっかりジャイアントココナッツクラブの身にありついていたよ。

ちなみに、何で手を出さなかったのかというと……。

フェル曰く『彼奴らでも十分対処できそうだったからな』だそうだ。

本当は肉に夢中になって気付かなかっただけなんじゃないの？

なんてな。

第二章 人生終了。かと思った

俺たち一行は、巨大スイに乗って大海原を進んでいた。

「しかし、ダンジョンにこんな階層があるとはねぇ……」

辺り一面に広がるコバルトブルーの海を眺めながら、一人つぶやく俺。

そのつぶやきを聞き取ったフェルがフスンと鼻を鳴らした。

『我もこのようなダンジョンは初めてだ。しかも、手応えがありそうな気配もちらほら点在している。このダンジョンに来て正解だったな』

何が正解だよ。

というかさ、怖いから笑顔でサラッとそんなこと言わないでほしいよ。

フェルが手応えがありそうとか言うのって、ほぼほぼとんでもない魔物ってことなんだからさ。

『儂(わし)もこのようなダンジョンがあるとは思ってもみんかったわい』

側(そば)にいたゴン爺(じい)も会話に参戦してくる。

『この世で一番長生きしているジジィが知らないことがあるということは、まだまだこの世にも面白きことがあるということだ。特にダンジョンにはな！　だからダンジョンは止(や)められぬ』

目を爛々(らんらん)とさせてそう宣(のたま)うフェル。

『だよな～。俺も一人でいるときは、ダンジョンなんてあんま興味なかったけど、入ってみると楽しいよな！』

ドラちゃんもダンジョン大好きだもんね、ハハ。

『此奴（こやつ）の従魔になってから、人間の街にあるダンジョンにも気軽に行けるようになったのがいい。これからも人間の街のダンジョンに入るのはもちろん、ここのような手付かずのダンジョンにも積極的に入るようにしていきたいところだな』

そう言うフェルに、ゴン爺もドラちゃんも同意するように頷（うなず）いている。

『スイもいっぱいダンジョン行く～』

みんなを乗せるスイからも、そんな念話が届く。

これからもダンジョン参りする宣言をした従魔ズたちにガックリする俺だった。

そんなやり取りをする俺たちの一方で……。

「フェオドラ、あそこにいるの狙えるか？」

「大丈夫」

ガウディーノさんが指差す先には、けっこうな大きさの魚影が。

その魚影に狙いを定めて弓を引き絞るフェオドラさん。

ヒュンッ――――。

矢は見事に命中した。

魚影が消えてドロップ品に変わったようだ。

そして、そのドロップ品と矢を回収するのは……。

『はい、どうぞ～』

ドロップ品と矢を持って、ニュルッと海中から出てきたのはスイの触手だ。

「ありがとな、スイ」

いろいろと吹っ切れた〝箱舟(アーク)〟の面々は、海の上でも狩りに勤(いそ)しんでいた。

とは言え、海の中で仕留めても、ドロップ品の回収がままならないとあって、俺がスイとの仲を取り持って回収はスイに任せた。

まぁ、海ゆえに魚が多くドロップ品も身がほとんどなので、俺たちの飯の食材として提供されることがほとんどだが。

さっき回収したのも、サケの身に似たドロップ品だったしね。

それでも、小型のウミガメの魔物からは甲羅のドロップ品もあって、それだけでも相当の利益が出ると〝箱舟(アーク)〟の面々はホクホク顔だった。

「ぬ、何じゃあれは……」

獲物はいないかと海面を見ていたシーグヴァルドさんが、そう言って怪訝(けげん)な顔をした。

俺を含めたみんなの視線が、シーグヴァルドさんの視線の先へと向いた。

「は？　犬？」

いるはずのない犬が、大海原を泳いでいた。

『馬鹿者。犬がこのようなところにいるはずなかろう』

フェルからの容赦のない突っ込み。

「そ、そりゃあ分かってるよ。だから驚いてんじゃん」

あれも魔物なんだろうけどさ。

見たこともない犬顔の異様な魔物に、俺たちは呆気(あっけ)に取られていた。

『あれは、ケートスじゃな』

「……ゴン爺、知っているのか？」

さすが年の功。

ゴン爺が知っていたようだ。

『海獣型の魔物じゃ。それよりも、みな警戒じゃ。あれは、群れで行動するからのう』

そうゴン爺が言った直後。

次々と海面に犬顔が現れる。

そして、いつの間にか俺たちは多数のケートスに囲まれていた。

『あるじー、これ倒すのー？』

「そ、そうだ！　倒しちゃって、スイ！」

『ハーイ。エイッ』

「グギャッ」

スイの触手に貫かれるケートス。

「お、俺たちも戦うぞっ」

数多(あまた)のケートスに、アイテムボックスからミスリルの槍(やり)を取り出して覚悟を決める。

『言われんでも分かっとるわ。スイだけでも大丈夫だとは思うが、こう多くては進路の邪魔だからな』

そう言いながら、フェルが前足を振るう。

すると、ヒュンッと海面がいくつもに割れると同時に赤く染まっていった。

『うむ。邪魔だのう。しかも、此奴ら、鼻が利くのかけっこうしつこいのじゃ。ここできっちり始末するのが良かろう』

ゴン爺がそう言うと、目の前の海面がケートスを巻き込みながら渦を巻いた。

その渦はだんだんと赤く染まっていった。

『おいおい、お前らだけで片付けんなって』

ドラちゃんがそう言うと、得意の氷魔法で現れた何本もの氷の柱がケートスたちを貫いていった。

『おい、お前たちもうかうかするな。そこ、登ってこようとしているぞ』

そうフェルから声を掛けられた〝箱舟(アーク)〟の面々がハッと我に返る。

覗(のぞ)き込んだ先には、スイの丸い体を器用に登ってくるケートスの姿があった。

「キモッ……」

ケートスという魔物、犬顔の下の胴体はイルカというかクジラというか、そんな感じになっている異様な姿だった。

「気持ち悪いんだよ！　登ってくんな、ボケェッ」

ケートスのその異様な姿に、ギディオンさんが悪態をつきながら槍を突き刺した。

「ギエェェッ」

なんとも耳に残る汚い鳴き声をあげながら海に落ちていくケートス。

「登ってこさせるな！　手分けして落とすぞっ！」

ガウディーノさんがそう言うと、ギディオンさん、シーグヴァルドさん、フェオドラさんが散っていった。

俺もそれに乗っかる。

広範囲攻撃は、フェル、ゴン爺、ドラちゃん、スイに任せて、〝箱舟（アーク）〟の面々と俺は、スイの体を登ってこようとするケートスを落とすことに専念したのだった。

………………

…………

……

俺たちの周りを埋め尽くすかのようにいたケートスは姿を消していた。

「あ～、疲れた」

スイの上に大の字になって寝転んだ俺。

〝箱舟（アーク）〟の面々もさすがに疲れたのか、座って休んでいる。

『あのくらいで音を上げるとは、相変わらず軟弱だな。お主は』

俺を見下ろしたフェルがそう言った。

「へぇへぇ、俺は軟弱ですよーだ。お前らと一緒にするなっての」

てか、あんなのがいるなんてね。

海、怖いわ。

『あるじー、これー』

ザパンと海中からスイの触手が伸びた。

触手の先には何かの皮が。

「ん？　ドロップ品か？」

『いっぱい落としたんだけど、全部は拾えなかったのー。ゴメンなさぁい』

「いいよいいよ。というか、期待してなかったのに、拾ってくれただけでも嬉（うれ）しいよ。ありがとな、スイ」

数えると、ケートスの皮が16枚。

全部〝箱舟（アーク）〟の面々に渡そうとしたんだけど、それ程役に立っていなかったからと固辞された。

でも、そもそもがうちの面々は食えるもの以外には極端に興味なしだからねぇ。

俺としても、〝箱舟（アーク）〟の面々ほど活躍したかというと、正直そうとは言えないし。

しばらくの問答の末に、俺たちと〝箱舟（アーク）〟で半々に分けることに。

共闘したんだからと、半ば押し付けるようにだけどなんとか納得してもらったよ。

そもそもがフェルたちは『皮なぞいらん』てそっぽ向いているしね。

とにかくだ、今はさっさと地に足を着けたい気分だぜ。

「なぁ、フェル。次の島はまだなのか？」

『まだだ。………む？』

フェルが顔を上げて遠くを見つめた。

『スイ、あっちへ向かうのだ』

『あっちー？　まっすぐじゃないのー？』

『ちょっと寄り道だ。とにかく我の指示する方角に向かえ』

『分かった～』

『フェルが寄り道ってことは、あれか～？』

『ほぅほぅ、なかなかの気配じゃ』

………。

「おいおいおいおいおい、どこ行く気だよ、フェル～」

『先ほど言った通り、ちょっと寄り道するだけだ。心配するな』

心配するなって、フェルが言うと心配しかないんだけど……。

◇◇◇◇◇

「やっぱり俺たちがこのダンジョンに来たのは間違いだったんだぁぁぁっ」

「うぉぉぉっ、死ぬーーーーっ！！！」

「ぬおぉぉぉぉぉぉっ」

「キャアァァァァアッ」

百戦錬磨の冒険者であろう〝箱舟(アーク)〟の面々が必死の形相だ。

「何でこうなるんだよーっ！　フェルでもゴン爺でも、どっちでもいいから早くなんとかしろぉぉぉっ！！！」

轟々(ごうごう)と音を立てて回る巨大な渦潮。

現在進行形で、俺たち一行はその巨大渦潮に巻き込まれ中だった。

俺と〝箱舟(アーク)〟の面々は、振り落とされまいと必死に巨大スイにつかまりながら阿鼻叫喚(あびきようかん)。

こんなことになっている原因は、言わずもがなのフェル。

フェルが『ちょっと寄り道だ』とか言い出して、来てみればこの様だ。

というか……。

お前、『ちょっと寄り道するだけだ。心配するな』って言ってたよなぁぁぁっ。

スイに必死にしがみついての俺の心の叫び。

『おーい、大丈夫かぁ？』

『フェルもおるし、大丈夫じゃろ』

呑気(のんき)にそんな会話をしているのは、ゴン爺とドラちゃんだ。

渦潮に巻き込まれてグルグルと回る俺たちを渦の真上から見ている。

ってか、飛べるからって早々に離脱したのを、俺は忘れてないからなぁー！

『あるじー、フェルおじちゃんー、グルグル回ってるよ～。楽しーねー！』

頭に響いてきたのは、これまた呑気というか楽しそうなスイの声だ。

まるで遊具に乗っているかのようにキャッキャッと楽しんでいるスイ。

この状況で、何で楽しんでるのさぁぁぁ？

大物過ぎるよ、スイちゃぁぁぁぁぁん。

「ス、スイッ、全然楽しくないからねっ！　今、俺たち魔物に食われそうなんだよ！　大大大ピンチなんだからねーっ！」

まるで危機感のないスイにそう叫ぶが、この状況が分かっているのかいないのか。

『大丈夫だよ、あるじー。スイがやっつけるもんっ！』

そう言ってフンスと意気込むスイ。

でもさ……。

簡単に『やっつけるもんっ！』なんて言うけど、いくらなんでもあれはスイには無理でしょうよ。

ここからも見えるあの醜悪な姿。

あれは、恐怖の対象でしかない。

見えている渦潮の中心には、イソギンチャクの口にびっしりと鋭い歯が生えたような魔物が大口を開けて俺たちを待ち受けていた。

口だけであの大きさなら、海中にある本体はどれだけ巨大なのか……。

俺たちを食おうと待ち構えるあの大口の鋭い歯が、音を立てながらガチガチと合わさる光景が見えた。

「ギャーッ！　もうダメだ！　死ぬぅぅぅぅっ」

これが走馬灯というやつだろうか。

生まれてから記憶のある年頃以降の人生が、映像を観(み)ているかのように甦(よみがえ)ってくる。

小学校、中学校、高校、大学時代……。

そして、就職してからのリーマン時代。

突然の異世界転移。

フェルやスイ、ドラちゃん、ゴン爺との出会い。

生きる世界は変わったが、それなりに愉快な生活を送っていたこと……。

しかし、それも終わり。

あの口に吸い込まれてバリバリと咀嚼(そしゃく)されて死ぬ未来しか見えなかった。

『騒ぐな。心配いらぬと言ったであろう』

この危機的状況にもかかわらず、悠然と立ち無言を貫いていたフェルがようやく言葉を発した。

「心配いらぬって、この状況で心配しないわけないだろぉぉぉっ！ってか、死ぬー！　終わりだぁぁぁ！」

そのやり取りの間も俺たちは渦の中心に向かってグルグルと回り、刻一刻とあの巨大な大口に吸い寄せられているというのに。

「いろいろあったけど、フェルッ、スイッ、ドラちゃんっ、ゴン爺っ、お前らと出会えて良かったぞーっ！！！」

本当にもうダメだと思った俺は、遺言のようにみんなへのメッセージを口走った。

『ハァ～。まったく、何を言っておるのだ！　恥ずかしい奴(やつ)だな。まだ死にはせん』

フェルがそう言った直後……。

ドッゴーンッ、バリバリバリバリィィィッ。

特大の稲妻が、渦の中心にあった巨大な口に吸い込まれるように落ちていったのだった。

数分後――――。

巨大な渦潮は跡形もなく消え去り、俺たちの前には凪(な)いだ海が広がっていた。

俺と〝箱舟(アーク)〟の面々は、あまりの激変に呆然(ぼうぜん)としていた。

『あーあ、終わっちゃった～。グルグル、面白かったのになぁ～』

『そう言うなってスイ。あれの原因は魔物だったんだからよ』

『しかし、あれを一撃で屠(ほふ)るとはさすがじゃのう。フェルよ』

『フン、当然だ』

『てかよ、ゴン爺はあの魔物が何なのか知ってるのか？』

『うむ』

『フェルは知ってるのか？』

『知らん。だが、あの程度を倒すことに何の問題もない』

『ハハ。フェルらしいっちゃらしいな。で、ゴン爺、ありゃあ何なんだ？』

『何の魔物～？』

『ドラもそうだろうが、フェルもスイも海へ行ったことはあっても、外洋へは出たことがないじゃろうから知らんのも無理はない。あの魔物はのう……。はて、何という名前だったか？』

『おーい、ゴン爺……』

『永い時を生きすぎてボケたか、お主』

『失礼じゃのう。だいたい永い時を生きているのは、フェル、お主も同じではないか。これは名前が思い出せんだけじゃわい。えーと、何といったか……。カ、カ、カリ……。カリブディス。そうじゃ、カリブディスという魔物じゃ。巨体で動きも鈍く、そもそもがあまり動かん魔物じゃが、己に近付くものはすべて食い尽くす。襲われればシーサーペント辺りでもひとたまりもないじゃろう』

『ほう、シーサーペントでもか。カリブディス。覚えておこう』

呆然とする俺と〝箱舟〟の面々の横で交わされたフェルたちの会話。

〝箱舟〟の面々には聞こえていないけど、当然俺には聞こえていた。

こっちは死ぬかと思ったってのに、平然と会話してんなよ～。

ってかさぁ、何の魔物か知らないのに向かっていくなよ、フェルゥゥゥ！

ガックリと項垂れ、力尽きた俺は、巨大スイの上で崩れるように横になったのだった。

『あったー！　フェルおじちゃん、見て見てー！　さっきフェルおじちゃんが倒したやつが落としたの～』

カリブディスのドロップ品をつかんだスイの触手が、海面から飛び出してきた。

『ぬ。食えそうなものはないな。いらん。此奴に渡しておけ』

『あるじー、フェルおじちゃんいらないってー』

「んー？」

俺の目の前に置かれた3つのドロップ品。

牙と宝箱と魔石。

それを見て、俺の顔が引き攣る。

ドランやエイヴリングで出たダンジョンボスの宝箱に匹敵する大きさの宝箱と超特大の魔石。

鑑定しなくても分かる。

これ、絶対にSランクの魔物から出たやつだ。

というかさ……。

「さっきの魔物、この階層のボスじゃないの？」

『違うな』

『違うのう』

同時に答える、フェルとゴン爺。

「え？　違うって……」

『最後に待っているのは、もうちと強いのう』

『うむ。この気配はあれだな。我も久しぶりに相まみえる。さっきのよりは、手応えのある相手だ。楽しみにしていろ』

…………全然楽しみじゃないんだけどぉぉぉ!?

◇◇◇◇◇

何事もなかったかのような様相のフェル、ゴン爺、ドラちゃんたちと相対するように、精魂尽き果てた俺と魂が抜けてしまったかのような面持ちの〝箱舟(アーク)〟の面々。

その一行を乗せた巨大スイは、一路近場の島へと向かっていた。

兎(と)にも角(かく)にも、地に足を着けて落ち着きたかった俺の強い要望だ。

あれだけひどい目に遭ったんだから、俺がそう思うのも分かるってもんでしょ。

フェルたちは早く進みたくてブツブツ文句を垂れていたけど、そんなものは却下だ。

夕飯を盾にして、俺は島への上陸を強硬主張。

フェルたちも仕方なしという感じで同意したわけだ。

『あるじー、島が見えてきたよー』

「よし！　急げスイ」

『分かったー！』

スピードを上げたスイにより、ほどなくして島へと上陸。

俺はすぐさまスイから飛び降りて、地に足を着けたのだった。

そして、砂まみれになるのも気にせずに砂浜に大の字になる。

「あ～、生きててよかったぁ～」

ホッとすると、思わずそう口を衝いて出た。

だが、地に足を着けてホッとしたのは俺だけじゃなかったようだ。

「生きてるっ、生きてるぞ俺はぁぁぁぁっ」

「ウォォォォッ」

「ふぃ～、本当にこれで終いかと思ったわい……」

「帰ったら絶対、絶対に孫に会いに行く……」

きっと生きた心地がしなかったのだろう。

島に上陸して地に足を着け、ようやく生気が戻ってきた感じの〝箱舟〟の面々が、思い思いの言葉を口にした。

その気持ちはすっごく分かるぞ。

俺たちにとっては、正に九死に一生を得たという感じだもんね。

「生きてるって素晴らしいですね……」

「ああ。生きてて良かった」

「ホントだぜ……」

「冒険者っちゅうのは、死と隣り合わせの仕事じゃとなったときから分かってはいるつもりだったんだがのう。……本当に生きててよかったわい」

「うん。もう孫にも会えないし、美味しい物も食べられなくなるんじゃないかと思った……」

そんなことをしみじみと言い合いながら、肩を叩き合って喜ぶ俺たち。

死を意識した同じ経験をしたからなのか、なんとなく俺たちには仲間意識のような連帯感みたいなものが生まれていた。

「しかしよう、ムコーダさんはいつもあんな経験してるのか？」

ギディオンさんが気遣わしげな顔でそう聞いてきた。

「まさか！　いつもあんなんだったら、俺の気が保たないですよ。今回みたいな危機的というか、自分でももしかしたら本当に死ぬかもなんて思ったのは初めてのことです。いつもは後方で控えているだけだし……」

俺じゃあ戦力不足なのは分かっているからね。

下手に参加しようものなら、足手まといになるだけだよ。

だから、みんなが高ランクの魔物と戦っているときは、距離を空けて見守ってるってのがいつものパターンだしね。

「いつもはって、あんな化け物みたいな魔物を相手にしていることは否定しないんだな」

「いや、その～……」

ガウディーノさん、鋭いところ突いてくるね。

あれほどの化け物かは分からないけど、いろいろと相手にはしているな。

フェルたちが。

俺はそんなのと対峙(たいじ)したくないんだけど、超が付くほど好戦的なうちのみんなが見逃さないんだよね……。

「儂らとて、これでもAランクの冒険者じゃ。時にはSランクの魔物とぶつかることもある。……じゃが、あれはダメじゃ。あんなのは儂らみたいな普通の冒険者が対峙するもんじゃないわい」

そう力説するシーグヴァルドさん。

俺だってあんなのと対峙したくなかったですよ。

ってか、あんなのだって知っていたら、全力でフェルを止めていたのに。

「あれは多分、絵本に出てくるカリブディス」

フェオドラさんがそうつぶやいた。

「カリブディス？ 絵本て……。あれか？ "光の勇者～海の冒険編～" に出てくるヤツ！」

実は勇者に憧れていたというギディオンさんがピンときた様子だ。

「そう。娘に何度も読んであげたから覚えている」

フェオドラさんが深く頷きながらそう言った。

「カリブディス……。暴食の魔物か」

「しかし、本当にいるんじゃな。あんなものが」

ガウディーノさんもシーグヴァルドさんも、光の勇者とカリブディスというキーワードを聞いて思い出したようだ。

何でも、光の勇者の物語は、勧善懲悪ものの勇者の話で、多くの人が子どものころに寝物語に一度は聞かされる類の話らしい。

その光の勇者の物語の海の冒険編の最大の敵が、このカリブディスという化け物なわけだ。

なるほどねぇ。

……って、え？

みなさん何でこっち見てんの？

〝箱舟〟の面々の視線が一斉に俺に向けられていた。

「ムコーダさん、案外苦労してるんだな……」

「あんなんばっか相手にしてたら、俺だったらどうにかなりそうだわ……」

「まぁ、あれは特別だったにしろ、毎回毎回Sランクの魔物を相手にしていたらのう……」

「いくら冒険者でもムリ」

「な、何を言っているんですか？」

なんか、みなさん俺を憐れむような目で見ているんですけど……。

「ムコーダさん、あんたならきっと大丈夫だ」

「希望を持てよ、ムコーダさん！」

「強く生きるんじゃぞ！」

「死なないで」

いやいやいや、なに言ってるんですかっ!?

あんなのは今回が初めてだって言ったでしょうにー！

『おい、腹が減ったぞ。飯だ』

『儂も腹が減ったのう』

『俺も腹減ったー！』

『スイもお腹減ったの～』

念話で聞こえてくる『腹減った』の大合唱。

君たちね……。

俺が憐れむような目で見られてるのも、好戦的過ぎるお前たちのせいなんだからなー！

◇◇◇◇◇

なんだか〝箱舟〟の面々から憐れむような目で見られて、納得がいかないんだけど。

別にSランクばっかり相手にしてるわけじゃないし。

………いや、多いのは多いよ。

だ、だけど、実際相手にしてるのはフェルたちだし。

俺は見てることの方が多いし……。

って、そもそも俺って商人志望だったんだよな。

ランベルトさんのところと取り引きもあって多少は商人みたいなこともしているけど、どう考えても冒険者稼業の方が主体になっているもんなぁ。

考えると、ここのところダンジョンばっかり行っているような気がするし。

フェルたちが好きっていうのもあるけど、なんだかんだで全部踏破までしてるし。

下層に行くと、高ランクの魔物しかいないから、そうなると〝箱舟〟の面々が言うこともあながち間違いではないというか……。

か、考えたらダメだな。

今の生活だってそれなりに楽しいんだから。

よ、よし、飯作ろう。

それがいい。

ここはダンジョンの中だっていうのにカンカン照りで暑いから、冷たくてさっぱりしたものにしよう。

簡単だし、冷製パスタがいいかもしれないな。

そうだ！

ジャイアントスカラップの貝柱がたっぷりとあるんだから、貝柱の冷製パスタなんていいかも。

うん、そうしよう。

ただ、肉好きの食いしん坊カルテットが『肉はどこだ？』とか言いそうだな。

そうなると……。

ダンジョン豚を使って豚しゃぶの冷製パスタも作ることにするか。

確かダンジョン豚を薄切りにしてストックしてあるはずだからちょうどいいね。

そうと決まれば次は材料の確認だ。

貝柱の冷製パスタの方は、手持ちで揃ってる。

豚しゃぶの冷製パスタの方は……。

「豚しゃぶならやっぱゴマだれだよね～。ということで、ゴマのソース用に白練りゴマだろ。あと野菜は、水菜でいいかな」

足りない材料の白練りゴマと水菜を、〝箱舟〟の面々に見られないように魔道コンロの陰に隠れてネットスーパーでこそっと購入。

「よしと。まずは、お湯を沸かさないとな」

魔道コンロにたっぷりの水を入れた寸胴鍋をかけていく。

「フッフッフ、新しい魔道コンロは6つ口あるから余裕だね」

先にジャイアントスカラップの貝柱のボイルとダンジョン豚の豚しゃぶを作る。

6つある寸胴鍋の3つに塩を入れてジャイアントスカラップの貝柱をボイル。

残り3つの寸胴鍋でダンジョン豚の薄切りをボイルする。

どちらも茹であがったらザルにあけて冷まし、魔道冷蔵庫に入れて冷やしておく。

今度はパスタ用にお湯を沸かす。

その間に貝柱の冷製パスタのソースに使うアルバン印のタマネギをみじん切りにして水にさらしておく。

アルバンの作ったタマネギは辛みが少なくて甘みが強いから、水にさらす時間は短めでもＯＫだ。

それから、アルバン印の極旨トマトを1センチ角に切っていく。

皮が気になる場合は湯剝きしてからの方がいいけど、俺は気にならないからそのままだ。

大量にトマトを切り終えたところで、水にさらしておいたタマネギの水気を切ってソースを作り始める。

ボウルにタマネギのみじん切りを入れて、そこに醤油、オリーブオイル、黒酢、砂糖、粉末タイプのカツオだしを入れて混ぜ混ぜ。

出来上がったソースをひと舐めして……。

「うん、バッチリだね」

そうしたら、今度は豚しゃぶの冷製パスタに使う水菜を根元を切って、4センチくらいの長さに切っていく。

お次はソースを作製。

ボウルに白練りゴマ、めんつゆ、砂糖、酢、ゴマ油、白ゴマを入れて混ぜ混ぜ。

こちらも出来上がったソースをひと舐め。

「こっちもいいね」

そうこうしているうちにお湯がボコボコ沸騰しているのに気づいた。

「おっと、塩塩」

沸騰したお湯に塩を入れてパスタを投入。

パスタがくっつかないように時々かき混ぜつつ、茹でる間にもう一仕事。

冷蔵庫で冷やしていたボイルしたジャイアントスカラップの貝柱を一口大に切っていく。

貝柱の冷製パスタのソースが入ったボウルに、アルバン印の極旨トマトとジャイアントスカラップの貝柱を入れてよく混ぜる。

今度は豚しゃぶの冷製パスタのソースが入ったボウルに、冷やしておいたダンジョン豚の豚しゃぶと水菜を入れてこちらもよく混ぜておく。

そこまで終わったところでパスタが茹であがった。

あとは、茹であがったパスタを氷水でしめて、貝柱の冷製パスタのソースと具材が入ったボウルと豚しゃぶの冷製パスタのソースと具の入ったボウルそれぞれにパスタを入れてよく絡めたら出来上がりだ。

それをさらに盛り付けて……。

「完成！」

貝柱の冷製パスタには大葉の千切り、豚しゃぶの冷製パスタにはカイワレを載せたりした方が彩りもキレイなんだけど、少々癖が無き(な)にしも非(あら)ずなので、今回は載せずにそのままで。

「飯出来たぞ～」

〝箱舟(アーク)〟の面々もいるからね。

声をかけると、すぐにみんな集まってきた。

フェルとゴン爺とドラちゃんとスイの食いしん坊カルテットには、最初から両方の冷製パスタを出したんだけど（みんな言わずもがなの大食漢だからね。２皿なんてペロリだだし）、〝箱舟(アーク)〟の面々にはどっちがいいか聞いた。

パスタって腹持ちがいいし、さすがに両方は食えんだろと思ってのことだったんだけど、見事に4人とも両方とのリクエスト。

大丈夫かって思っていたんだけど、みんな見事にきれいに食い切っていたよ。

「冷たい麺とは、こんな食い方もあるんだな。さっぱりして美味い」

「どっちもウメェ！」

「どっちも美味いが、儂はこっちの肉の載った方がより好みだのう。香ばしい濃厚な味わいがなんとも言えんわい」

「すっごく美味しい」

なんて言ってペロリだよ。

フェオドラさんなんて、貝柱の冷製パスタをさらにおかわりしたからね。

まったく恐ろしい胃袋だよ。

食いしん坊カルテットはいつものごとく、おかわりの嵐だ。

ゴン爺、ドラちゃん、スイは、この暑さの中で食う冷製パスタを気に入ってくれたようで、貝柱の冷製パスタも豚しゃぶの冷製パスタも満遍なくおかわりしてたけど、フェルだけは『む、肉が少ない』とか文句を言ってたな。

その割には豚しゃぶの冷製パスタをバクバク食って一番おかわりしているんだから世話ないよね。

俺は、貝柱の冷製パスタをいただいた。

自分で作っておいてなんだけど、さっぱりしてめちゃうまだった。

やっぱり暑いときはこういうさっぱりしたものがいいよね～。

ちなみに今回はソースを作ったけど、面倒なときは貝柱の冷製パスタは和風ドレッシングを、豚しゃぶの冷製パスタはゴマドレッシングを使っても全然ＯＫ。

その方が超簡単ってことで、俺も夏はよくやってたよ。

そんなこんなで、みんな冷製パスタを食い終わり、ピッチャーに移しておいた冷たいリンゴジュースを飲みながらホッと一息ついてた。

「そういやさ、カリブディスのドロップ品だっつってムコーダさん受け取ってたみたいだけど、どんなドロップ品だったん？」

リンゴジュースで喉を潤しながら、興味津々な様子でギディオンさんがそう聞いてきた。

「そういや、確かにそんなやり取りしてたな」

ガウディーノさんも興味ありげだ。

「うむ。あれほどの魔物から出たドロップ品じゃ。儂も興味があるのう」

シーグヴァルドさんも「後学のため」と興味があるようだ。

というか、あの状況でみんなよくそんなところ見て覚えているよな。

〝箱舟（アーク）〟の面々には、以前にネイホフの街で買った陶器製のコップに入れてリンゴジュースを出していたのだが、そのコップを無言で差し出してきたフェオドラさんにおかわりを注いでやった。

そんな我が道を行くフェオドラさんに苦笑いしながら、俺はカリブディスのドロップ品のことを思い出していた。

「ええと、確か魔石と牙と宝箱でしたね」

俺がそう言うと、３人とも宝箱に反応した。

「ほっほ～、宝箱かいの。で、中には何が入っておったんじゃ？」

「俺もそれ興味ある！」

「ああ。俺もだ」

「あー、あんな後だったんで中身は見ずにアイテムボックスにしまっただけで、俺もまだ中身は見てないんですよ。そうだ、今開けてみましょう」

どのみち後で確認することになるんだから、今確認してもいいかということで開けてみることにする。

アイテムボックスから取り出した〝カリブディスの宝箱〟は、改めて見るとかなりのものだった。

深い藍色で、波のデザインの細工だろうか、それが細やかに施されて、ダイヤモンドやら真珠(パール)やらの宝石がちりばめられていた。

それを見たガウディーノさんが「宝箱だけでも一財産だな」とつぶやくと、ギディオンさんもシーグヴァルドさんもゴクリと唾を飲み込みながら頷いている。

確かに俺が今まで見た宝箱の中でも、特に豪華な仕様なことは間違いない。

俺も知らず知らずのうちにゴクリと唾を飲み込んだ。

おっと、開ける前に鑑定だけはしないとな。

宝箱をこっそりと鑑定して、仕掛けがないことを確認。

「それじゃ、開けてみますね」

俺は、緊張しながら〝カリブディスの宝箱〟を開けた。

ガウディーノさん、ギディオンさん、シーグヴァルドさんと俺が宝箱の中を覗き込む。

「「「「…………」」」」

4人とも無言になった。

中に入っていたのは、サファイアとダイヤモンド、そして真珠がこれでもかというくらいふんだんに使われたティアラだった。

「えらいもんが入っていたのう……」

シーグヴァルドさんのつぶやきに、ガウディーノさんとギディオンさんが無言のまま頷く。

「冒険者ギルドで買い取ってくれるかな……」

相当価値がありそうなのは分かるが、宝石でしかもティアラじゃ買い取りに出すしかなさそうだし。

「無理じゃな。というかじゃ、場合によっちゃあこれは戦の原因にもなりうるぞい」

「エッ？」

シーグヴァルドさんの「戦の原因」というワードに、思わず変な声が出てしまった。

「ムコーダさんはパールの価値を知っとるのか？」

パールって真珠のことでしょ？

真珠よりダイヤモンドとかサファイアの方が価値があるんじゃないの？

「分かっとらんようじゃな。いいか、パールというのはな………」

と言うのも、シーグヴァルドさん曰く、真珠はそもそもが滅多に出回るものではないのだそう。

シーグヴァルドさん曰く、パールが採れるジャイアントパールオイスターという貝の魔物は、大昔に乱獲されて、今はごくわずかが生息するのみとなっているという。

しかも、すべてのジャイアントパールオイスターからパールが採れるわけではなく、ある程度の年数を生きたジャイアントパールオイスターからでないとパールは採取できないそうなのだ。

なので、パールというのは、今では、年に数個見つかるのみの非常に貴重なものとなっている。

シンプルだが上品で、身に着ける者をより引き立たせるパールの輝きは、上流階級の女性を虜にしているそうだ。

現に、年に数個見つかるパールも国を問わずで上流階級女性たちの奪い合いが発生しているのだという。

当然その価値も、言わずもがなで宝石の中でもダントツ。

シーグヴァルドさんは若いころ、里にどこかの王族から加工依頼が来たものをチラリとだけ見たことがあるそうだ。

「これよりもっと小さな粒だったがのう。じゃが、物々しい警備が加工が終わるまで付いておったわい。今でもよく覚えているぞい。そのパールがじゃぞ、これだけふんだんにあしらわれている。しかも、どれもこれも歪みのないほぼ完ぺきに近い球体じゃ。それにこの大きさ！　こんなものがあると知れた暁には……。儂は恐ろしくて考えたくもないわ」

シーグヴァルドさんの話を聞いたガウディーノさんとギディオンさんの顔が引き攣っていた。

そして、3人の目が俺へと向けられる。

まるで「どうすんの、これ？」と聞かれているようだ。

「これは、みなさん見なかったことにしてください……」

それしか言えないよ。

シーグヴァルドさんの「戦の原因」って大袈裟（おおげさ）って思わなくもなかったけど、話聞いたらそれも大袈裟だって言い切れないじゃんよぉぉぉ。

こんなん世に出せるわけない。

見なかったことにして、アイテムボックスに永久保存しかないでしょ。

しかし、カリブディス、最後までロクなもんじゃなかったよ……。

第三章 タイラントソードフィッシュ

冷製パスタで大分早めの夕飯をとった俺たちは、そのまま早めに就寝。

カリブディスのおかげで疲れ果てて（食いしん坊カルテットを除く）、すぐに寝入った。

俺なんて横になって1分もしないうちに爆睡だったよ。

〝箱舟（アーク）〟の面々も同じようなものだったみたいだけど。

よく眠ったおかげか今朝の目覚めはスッキリだった。

〝箱舟（アーク）〟の面々も一晩グッスリ寝たことで気を取り直していた。

ガウディーノさん曰（いわ）く「今更帰ろうったって、俺らだけじゃどうにもならないからな。それに、ムコーダさんたちがいれば、なんとかなるってのが実感できたしな。俺らは、死に物狂いで付いていくだけさ」とのこと。

その言葉に他の皆さんもウンウンと頷（うなず）きながら静かに笑っていたよ。

諦めの境地というか達観したというか、〝箱舟（アーク）〟の面々のその姿を見てなんとも微妙な気持ちにさせられた。

うちのみんなは、ダンジョンは踏破しないと気が済まない質（たち）だからね。

ここから戻るなんてことは、転移の魔法陣でもあって、すぐに戻ってこられるって状況でもない限りはあり得ないし。

俺も「ま、まぁ、とりあえず朝飯にしましょう」としか言えなかったよ。

朝飯には、俺のあっさり朝食の洋食メニューの1つ、プレーンオムレツに野菜たっぷりのコンソメスープにバターロールを出した。

もちろんこれは俺と〝箱舟(アーク)〟の面々用のだ。

食いしん坊カルテットには、リクエストもあってギガントミノタウロスのステーキ丼だ。

俺以外はおかわりをしてガッツリ朝飯を食ったあとは、巨大になったスイに乗りこんで再び海へと繰り出した。

燦々(さんさん)と降り注ぐ太陽の光に穏やかなマリンブルーの海。

何もなければ最高のシチュエーションだ。

しかしながら、ここはダンジョン。

そうは問屋が卸さなかった。

「おい、あれ動いとるよな？」

シーグヴァルドさんが、穏やかな海面を動く影を発見した。

俺は、シーグヴァルドさんが指差す海面に目を凝らした。

「動いてますね……」

「ああ」

「ありゃあ、背ビレか？」

同じように、シーグヴァルドさんが指差す海面に目を向けていたガウディーノさんとギディオンさんも動く何かを確認したようだ。

「背ビレって……」

嫌な予感がするな。

そう思った瞬間。

ザッパーン――――。

その影が水しぶきを上げて飛び上がった。

「カ、カ、カジキ!?」

特徴のある鋭く伸びた上顎は見間違えようもない。

某俳優さんの釣り番組でお馴染みのカジキは、大型の魚だと知っていたけど、それにしたって
……。

「大き過ぎだろーっ」

遠近法が絶対におかしい。

ここから見てもかなりの大きさに見えるカジキは、伸びた上顎を含めると20メートル、いや、もしかすると30メートル以上はありそうだった。

「あ、あれは、おそらくタイラントソードフィッシュだ……」

ガウディーノさんがつぶやくようにそう言った。

「タイラントソードフィッシュ、ですか」

「ああ。以前読んだ本によると、外洋に出ないと出遭うことのない魔物ということもあってAラン

クだが、船乗りにとってはクラーケン並みにやっかいな魔物なんだそうだ。あの尖った上顎の一突きで大型船を沈没させるらしい……。

「マ、マジですか……」

「一突きかよ……」

「儂、泳げないいんじゃが……」

ガウディーノさんの説明に、俺もギディオンさんもシーグヴァルドさんも唖然とした。

「来るっ！」

静かだったフェオドラさんが叫んだ。

『あるじー、おっきいお魚さんが来るよ～』

「うえっ、えーーーー!?」

タイラントソードフィッシュが白波を上げてこちらに向かっていた。

あたふたする俺をよそに……。

『つっかまえた～』

「スイ!?」

スイが触手をタイラントソードフィッシュの鋭く伸びた上顎に巻き付けていた。

『あれ？　あれれれれ』

タイラントソードフィッシュは、スイの触手などお構いなしにその丸い体を貫こうと突き進んでいた。

それに押されるようにスイの体も後ろ向きに下がっていく。

『おーっしゃ、俺がとどめを刺してやる！　スイ、そのままだ！』

ドラちゃんが助太刀の名乗りを上げた。

そして……。

ドスッ――――。

その鋭く伸びた上顎にも負けない鋭さを持った氷の柱が、タイラントソードフィッシュの胴体を貫いた。

『あー！　スイがやろうと思ったのに～』

『なんだよ！　押されてるから手伝ってやったのによー』

……そうだね、この程度の相手は君らには朝飯前だったか。

あたふたすることもなかったわ。

肩の力が抜けていくのを感じていると、〝箱舟〟の面々も同じ思いだったよう。

「あー、それほど心配する必要もなかったな……」

「ある意味どんな要塞にいるより、安全かもしれないわ……」

「フェンリル殿と古竜殿など寝ておるわい。スライムと小さいドラゴン殿で十分対応できると踏んでいるからじゃろうなぁ」

「いろいろおかしいけど」

まぁ、そうですねとしか言いようがないわ。

というか、「いろいろおかしいけど」ってフェオドラさんにだけは言われたくないからね。

そんな中、まだプンスカ言い合いをしているドラちゃんとスイに念話を送る。

『ハァ……。ドラちゃんもスイも、言い合いしないの。それよりドロップ品はあった？』

『あ、ちょっと待ってて～。んーと、これ！』

何か大きな塊をつかんだスイの触手が海面から姿を現した。

「ドロップ品は、タイラントソードフィッシュの身か」

『あるじー、それ美味しい？』

「ちょっと待ってね」

鑑定してみると、焼くと美味と出た。

「焼くとおいしいみたいだね。照り焼きにしたりニンニク醤油で食ったら美味そうだな」

カジキの定番メニューで食ったら普通に美味そうだ。

『おいスイ、さっきの美味いってよ』

『うん。あるじが美味しいって言ってるー』

『よし、もっと獲るぞ！』

『うん！』

は？

盛り上がってるところ悪いけど、あんなのそんなにいないでしょ。

『よーっしゃ！　俺が飛んで見つけるぞー！』

そう言って張り切って飛び上がるドラちゃん。

『右前方に背ビレ発見！　スイ、進めー！』

『ハーイ！』

って、え、え？

発見ってタイラントソードフィッシュって、そんなすぐ見つかるほど生息しているのーっ!?

「ちょ、ちょょちょっ、ドラちゃんもスイも勝手に何してるの!?　フェル、ゴン爺、起きろっ！」

『なんだ？　人が気持ちよく寝ているというのに』

『そうじゃ。人の眠りを妨げてはいかんぞ、主殿』

「何呑気に寝てるんだよ！　ドラちゃんとスイが魔物を見つけるって、勝手に動き回ってるんだよ！」

『ドラとスイならば問題ない。好きにさせておけ』

「好きにさせておけって、進む方向と逆に行ってたらどうするんだよ！」

『その辺も大丈夫じゃ。儂もフェルも進む方向は分かっているからのう』

『そういうことだ』

『そういうことだのう』

そう言って再び寝入るフェルとゴン爺の二大巨頭。

「も～っ、お前ら放任主義にもほどがあるだろう！」

『よーし、フェルとゴン爺からのお墨付きももらったし、やるぞースイっ！』

『やーるー！』

その掛け声とともにスピードを上げるスイ。

「コラコラコラッ、ドラちゃんもスイも止まれぇぇぇーっ」

俺が叫ぶ横には……。

「フッ、俺たちではどうしようもないな……」

「止められるわけがないじゃろう……」

「せいぜい死なないように気を付けようぜ」

「うん、死なないように」

いろいろと悟ったように穏やかな顔をした〝箱舟(アーク)〟の面々がいたのだった。

◇◇◇◇

『あれー？　さっきのおっきいお魚さんと違うみたいだよー』

『ホントだな。ってか、これ食えるのか？　見た感じすっげぇマズそうだけど』

ドラちゃんとスイが次なる獲物としてロックオンした背ビレの主は超巨大なサメだった。

その超巨大サメが、近付いていった俺たちを逆にロックオン。

鋭い歯がびっちりと生えた大口を開けて、今にも俺たちを食おうとしていた。

「ちょっとぉー！　呑気に話してないで、何とかしろぉぉぉっ」

迫り来る超巨大サメ。

「あわわわわわ」

腰砕けになり尻もちをつく俺。

そんな俺とは対照的に、フェルとゴン爺の二大巨頭はこんな状況でも微動だにしていない。

片目を開けてチラリと状況を確認したあと、フェルもゴン爺もまた寝やがった。

ちょっとー、この状況でなんで寝られるんだよー！

覚えてろよ、お前たちー！

『あるじー、大丈夫だよー！　スイがやっつけちゃうんだから～。エーイ！』

そう言って、スイが超巨大サメの大口に酸弾を数発撃ち込んだ。

今にも俺たちを食おうとしていた超巨大サメの姿が一転した。

ザッパーン――――。

ザッパーン――――。

ザッパーン――――。

鋭い歯をむき出していた超巨大サメがその口を閉じ、尾ビレをしならせながら海面を打ち付ける。

「うわわわわっ」

もがき苦しみ暴れる超巨大サメ。

その影響で、海面が大きく揺れていた。

落ちないように必死にスイにしがみつく俺と〝箱舟(アーク)〟の面々。

『うわ～、ゆーれーる～。おもしろぉーい！』

キャッキャとはしゃぐスイ。

その大きく揺れる海面を作っている暴れる超巨大サメ。

シュールゥ……。

超巨大サメの動きが徐々に鈍くなっていった。

そして、最後には腹を上に向けてプカプカと浮いて動きを止めた。

『あーあ、終わっちゃった～』

残念そうにしているスイ。

『消えたー。うーんと……、取ーれた！』

スイの触手が海面から飛び出した。

『はい、あるじー』

「あ、ああ」

スイから受け取った超巨大サメのドロップ品。

細かいギザギザがある鋭い歯と大きめの魔石だった。

『てかよー、スイがまた倒しちまったじゃねぇかー。次は絶対俺だからな！　スイは手出すなよ！』

『ええ～』

『えーじゃねぇの！　スイばっかずっこいだろ！』

『も～、しょうがないなぁ。スイ、いい子だから次はドラちゃんに譲ってあげる～。でも、次の次はスイだからねー』

……………。

「あの、もしもし君たち。まだ、続けるつもりなの？」

『当然だろ。あの魚の身を手に入れるまでは続けるぞ』

『あるじー、美味しいのいっぱい獲るね～』

ドラちゃんもスイも続ける気満々だった。

「い、いや、カジキの身はもう手に入ったから、これでいいと思うんだ」

『何言ってんだよ。もっといっぱいあった方がいいだろ』

『美味しいのいっぱいがいい～』

『よし、また見つけるぞ！』

そう言ってドラちゃんが再び飛んだ。

『んーっと、お、いた！　左前方に背ビレ発見！　スイ、行くぞー！』

『ハーイ！』

「いやいや、ちょっとちょっと、もう十分だからね！」

『こっちだ、スイー』

『分かったー！』

ドラちゃんの先導によって、意気揚々と白波を立てながら進んでいくスイ。

やる気満々で盛り上がるドラちゃんとスイには、俺の声はまるで届いていないようだった。

「ハァ〜。ドラちゃんもスイも盛り上がっちゃって」

こりゃあ気が済むまで止まらないなと思い、〝箱舟(アーク)〟の面々に詫(わ)びを入れておこうと振り返ると……。

「エェ…………」

無言のまま、なにか悟りを開いたような穏やかな笑みを浮かべた〝箱舟(アーク)〟の面々がいたのだった。

◇◇◇◇◇

「ああ〜、疲れた……」

本日の野営地の島に着いて、最初に出たのがこの言葉だ。

いろんな意味で疲れた一日だったよ。

ドラちゃんとスイの狩りというか漁は、結局夕方まで続けられた。

目当てのタイラントソードフィッシュがなかなかいなくてなぁ。

って、そもそもあんなものホイホイいるわけじゃないんだろうけどさ。

まぁ、そんなわけでドラちゃんもスイもなかなか満足しなくて、結局は丸一日を費やした感じだ。

そのおかげか、あれから2つほどタイラントソードフィッシュの身を手に入れたんだけど……。

それまでの道のりがそりゃあ大変だったよ。

さすがにドラちゃんもフェルやゴン爺みたいに気配で魔物を見つけてってことまではできないか

らねぇ。

背ビレを目視で見つけてからってことになる。

背ビレだけだからさ、その主がタイラントソードフィッシュとは限らないわけさ。

でっかいシャチみたいな魔物に食われそうになったり、クジラっぽいのに鋭い歯がびっしり生えた思いっきり肉食な魔物に食われそうになったり……。

いろいろとひどい目にあったよ。

そんなことがあっても、頼みのフェルとゴン爺は『ドラとスイなら大丈夫だろう』って、我関せずで昼寝を満喫しやがってたしさ。

〝箱舟(アーク)〟の面々なんて、立て続けにそういうことがあったもんだから、燃え尽きて真っ白になってるんだぞ。

ハァ〜、とにかくえらい目にあった日だった。

こんな時は、すぐにも寝たい気分だが……。

『今日の飯は何だ？』

『さっきドラとスイが獲った魚かのう？　追加で獲れたようだし、量も十分じゃろう』

『いいな。美味いという話だったしな。そうしろ』

そうしろってねぇ、ぐぬぬぬぬ。

というかさぁ……。

「フェルもゴン爺も、寝ていた割にはしっかり話聞いてたんだなぁ〜」

嫌味で言ってやったんだが、フェルもゴン爺もどこ吹く風で『当然だ。そのくらい聞こえている』とかドヤ顔で言ってくるし。

全然通じないんだから、このニブチンどもめ。

そんなことを考えながらやさぐれていると、フェルとゴン爺に加勢が。

『俺もさっき獲った魚食いたい！』

『スイもー！』

ドラちゃんとスイもタイラントソードフィッシュをご所望らしい。

「はぁ、分かりました。さっきの魚の身を夕飯に出せばいいんでしょー。お前らの希望を叶えるんだから、俺からも1つ希望言うぞ」

『お主の希望だと？　何だ？』

ぐぬぬ、フェルのヤツ目を細めて偉そうにして～。

「この辺で1日休みが欲しい！　毎日毎日海の上じゃあ疲れちゃうよ。明日1日、探索は休みってことでいいだろ？」

俺がそう言うと、〝箱舟〟の面々がキラキラした目で俺を見てきた。

ガウディーノさんもギディオンさんもシーグヴァルドさんもフェオドラさんも、みなさん俺と同じく疲れてたんだね……。

『ふむ。まぁ、いいぞ』

ん？

なんか意外なほどあっさり許可が出たぞ。
『おいおいおい、先に進まなくていいのか？』
異を唱えたのはドラちゃんだ。
『ドラ、ちょっと黙っとれ。あとで理由を教えるぞい』
『理由？』
『いいから。ドラとスイにはあとで話すわい』
ゴン爺がドラちゃんを窘める。
何だか怪しい。
怪しいけど……、まぁいいか。
今は休みが取れたってことの方が重要だしね。
さぁて、明日はゆっくりするぞ～。

さてと、タイラントソードフィッシュを使った夕飯を作っていきますか。
明日は、待望の休み。
誰が何と言おうとゆっくりまったり過ごすつもりだから、明日の飯は全部作り置きを出す予定だ。
だから、今日の夕飯はちょっぴり豪華にカジキ尽くしのメニューにしてやるか。

タイラントソードフィッシュは超巨大なカジキっていう見てくれだったけど、その身もカジキにそっくり。

カジキなら、やっぱり照り焼きは欠かせないよね。

白飯がすすむんだ、これが。

ニンニク醤油ソテーも捨てがたい。

バターも加えてガリバタ醤油ソテーにしたら、これもまた白飯が進みそうだな。

しかし、それだと焼き料理ばかりになっちゃうなぁ。

そうなると……あ、あれにしよう。

カジキの野菜炒め。

カジキって淡白な味わいだし、身がしっかりして崩れにくいから、炒め物にしても美味いんだよね。

一緒に炒める野菜は……、そうだなキュウリにしよう。

アルバンからのお裾分けのキュウリがしこたまあるし、キュウリって意外と炒めても美味いからな。

あとは……、焼き以外でいくと、カジキの竜田揚げなんかがいいかも。

そうきたら、さっぱりとした味わいのものを加えたいところだね。

うーんと、そうなると、マリネなんかいいかもしれない。

よし、決まった!

今日の夕飯のメニューは、カジキ……じゃなくて、タイラントソードフィッシュの照り焼き、タイラントソードフィッシュのガリバタ醬油ソテー、タイラントソードフィッシュとキュウリの炒め物、タイラントソードフィッシュの竜田揚げ、タイラントソードフィッシュの和風マリネの5品。

こういろいろ作りはするけど、ほぼ材料は揃ってるから作り始めていくか。

足りなかったら、その時にちゃちゃっとネットスーパーで買えばいいしね。

ということで、最初に作るのはマリネかな。

あとは、竜田揚げの下準備。

他の料理は作ってアイテムボックスに入れておけば、出来立てのまま保存できるけど、マリネは味が馴染む時間が必要だし、竜田揚げも下味をつける時間が必要だもんね。

マリネと竜田揚げの下準備をして味を馴染ませている間に、他の料理を作っていくことにしよう。

まずは、マリネ液を作っておかねば。

今回は醬油を加えた和風マリネにしようと思う。

ボウルに醬油、酢、砂糖、オリーブオイル、粗びき黒胡椒を入れて混ぜればＯＫ。

マリネ液ができたら、野菜とカジキもといタイラントソードフィッシュの身を切っていく。

野菜はオーソドックスにタマネギとピーマン、ニンジンを使っていこうと思う。

どれもアルバン印のがたっぷりあるからね。

タマネギは薄切りで、ピーマンとニンジンは千切りにして、タイラントソードフィッシュは一口大のそぎ切りにしていく。

切ったタイラントソードフィッシュには、塩胡椒を振って片栗粉をまぶす。

そして、熱したフライパンにオリーブオイルをひいてタイラントソードフィッシュを焼いていく。

タイラントソードフィッシュに火が通り両面こんがり焼けたら、マリネ液に漬け込んでおく。

そうしたら、タマネギとピーマン、ニンジンもしんなりするまで軽く炒めて、これもマリネ液の中へ。

あとは軽く混ぜ合わせて、粗熱が取れるまで放置。

それから冷蔵庫へ入れて、冷えれば食べ頃だ。

とりあえず粗熱が取れるまで、竜田揚げの下準備を進めよう。

タイラントソードフィッシュを食べやすい大きさに切り分ける。

次に、ボウルの中におろしニンニクとおろしショウガ、醬油、酒、みりんを入れて混ぜ、その中に食べやすい大きさのタイラントソードフィッシュを入れて揉み込む。

あとは30分程度漬け込んで味をしみこませれば、竜田揚げの下準備はＯＫだ。

粗熱が取れたマリネも魔道冷蔵庫に入れてあるから、次の料理へ取り掛かろう。

次は、カジキとキュウリの炒め物にするかな。

キュウリはヘタを切り縦半分に切って斜め切りにしたら、塩もみして水分をギュッと絞っておく。

タイラントソードフィッシュは一口大のそぎ切りにして、塩胡椒を振って片栗粉をまぶして、油をひいたフライパンで焼いていく。

まぁここら辺は、さっきのマリネと同じだな。

そこに、醤油、オイスターソース、酒、みりん、おろしショウガ、ゴマ油の合わせ調味料を入れて、アルコールが飛ぶまで炒めていく。

アルコールが飛んだら、塩もみして水気を切ったキュウリを加えてサッと炒め合わせれば、カジキとキュウリの中華風炒めの完成。

6つ口の魔道コンロを最大限に使って作ったそれを皿に盛り、いったんアイテムボックスの中へとしまった。

「竜田揚げは最後にするとして、次は照り焼きかガリバタ醤油ソテーだな。うーんと、とりあえず照り焼きを先に作るか」

1センチくらいの厚みに切ったタイラントソードフィッシュを、熱したフライパンに油をひいて焼いていく。

焼き目がついたら、ひっくり返して反対側にも焼き目をつける。

あとは、醤油、酒、みりん、ハチミツ（砂糖でもいいけど、今回は味によりコクを出したかったからハチミツを使ってみた）の合わせ調味料を入れて煮絡めれば出来上がりだ。

超簡単だね。

素材がいいからなのか、タイラントソードフィッシュは生臭さを一切感じないから調理も楽だよ。

これも皿に盛ったら、いったんアイテムボックスの中へとしまう。

そして次は、タイラントソードフィッシュのガリバタ醤油ソテーだ。

こちらもタイラントソードフィッシュを1センチくらいの厚みに切ったら、軽く塩胡椒を振る。

そうしたら、ニンニクをみじん切りにして、バターと一緒にフライパンに入れて熱し、ニンニクの香りが立ってきたら、タイラントソードフィッシュを焼いていく。

両面いい感じに焼き色が付いたら、醤油と酒とみりんを入れてアルコールを飛ばしつつ焦がさないように煮詰めていく。

あとは、そのソースに絡めたタイラントソードフィッシュを皿に盛り付けて、上から残ったソースをかける。

照り焼き、ガリバタ醤油ソテーは彩りがなかったから、こちらにはパセリのみじん切りを散らしてみた。

うん、いい感じ。

これもアイテムボックスへとしまった。

大トリは、食いしん坊カルテットも大好きな揚げ物、竜田揚げだ。

漬け込んで下準備してあったタイラントソードフィッシュに、片栗粉をまんべんなくまぶして油でカラッと揚げれば出来上がりだ。

「よし、全品完成だ」

これを皿に盛ったら、みんなのところへ……。

「みんな、待ちきれなかったんだね」

俺の背後には、食いしん坊カルテット＋食いしん坊エルフが雁首揃えていた。

『いろいろ作っていたようではないか。早く食わせろ』

『儂も早く食いたいのう』

『俺も腹減ったー。早く食わせろー』

『スイもお魚さん早く食べたい～』

「私も食べたい」

腹が減りすぎて今にも涎が垂れそうな面々に苦笑いしつつ、ガウディーノさんとギディオンさんとシーグヴァルドさんも呼んで、急いで作り上げた5品を出してやった。

ガツガツと食い始める食いしん坊カルテットと食いしん坊エルフ。

『肉ではないが、悪くはないな。特にこれとこれが気に入った。もっと出せ』

そう言ってガツガツ食いながら、タイラントソードフィッシュのガリバタ醤油ソテーと竜田揚げの皿を前足で指すフェル。

『儂は一番にこれが気に入ったのう。やはり揚げ物は美味いわい。次はこれじゃな』

ゴン爺は竜田揚げが特にお気に入りのようだ。

揚げ物はやっぱり不動の人気だね。

次点は意外にもマリネだった。

ゴン爺曰く『揚げ物を食った後に食うとサッパリしていいんじゃ』とのこと。

『どれも美味いけど、俺も一番はやっぱり揚げ物かなぁ。揚げ物は魚でも美味いんだな』

ドラちゃんもやっぱり竜田揚げが一番のお気に入りのよう。

予想通りだけど、やっぱ揚げ物人気はすごいね。

『スイもこれ好きー！　あとね、これも、これも、これも、これもー！』

「って、全部じゃん」

『うんっ！　全部美味しいよー、あるじー』

「そっかそっか。良かった」

「私はこれとこれが好き。白い粒々と一緒に食べると最高。おかわり」

フェオドラさん、そこ乗ってくるのね。

フェルとゴン爺の声しか聞こえていないはずなのに、ドラちゃんとスイと話している間を空けて話に入ってくるとは。

こういうときだけ空気が読めるなんて、恐ろしい子。

それはともかく、白飯に合う照り焼きとガリバタ醤油ソテーを選ぶとはねぇ。

分かっているじゃないですか。

しかも、さりげなくおかわりを要求しているところも、さすが食いしん坊エルフなフェオドラさんだ。

みんなの気に入ったもののおかわりを出しつつ、俺はタイラントソードフィッシュの照り焼きで白飯をかっ込む。

そして、明日は休みということもあって、竜田揚げをおつまみにビールも。

〝箱舟（アーク）〟の面々が目の前にいるので、ビールはネイホフの街で買った自動冷却コップに注いである。

これ、あんまり使ってなかったけど、冷たいままでいいね。

ちなみにだが、明日は休みということで、ガウディーノさんとギディオンさんとシーグヴァルドさんにもピッチャーに冷えたビールを入れて陶器製のコップと一緒に渡したから、タイラントソードフィッシュ尽くしの料理を肴に既に3人で酒盛りしているよ。

酔いが回ってきたのか、「俺は絶対に死なんぞー！」「俺もだー！」「みんなで生きて帰るぞー！」などと叫んでいるが、聞こえないフリをするのが大人というものだ。

しかし、酒が飲めるらしいゴン爺にも「飲むか？」って勧めたんだけど、「今日はやめておくわい」って断られた。

話の雰囲気では酒は嫌いじゃなさそうなんだけど、何でだろうね。

ま、今日は飲む気分じゃないってだけかもしれないけどさ。

それよりも、明日は休み！

のんびり昼寝なんてしちゃったりして。

フフ、楽しみ～。

朝飯を食い終わり、ホッと一息。

ちなみに朝飯は、宣言通り作り置きしておいたものだ。

食いしん坊カルテットは当然のごとく肉とのことで、朝からガッツリ生姜焼き丼をバクバク食っていた。

俺と〝箱舟〟の面々は、ハクサイとシイタケの味噌汁とワカメの混ぜ込みごはんの素で作ったおにぎり、それからだし巻き卵にキュウリの浅漬けのあっさり和風朝飯メニューだ。

フェオドラさんだけは、そのあっさりメニューでは物足りなさそうだったので、生姜焼き丼を出したら喜んでバクバク食ってたけど。

カレーリナで、時間がある時にちまちまと作ってはアイテムボックスにしまっていた自分を褒めてやりたいよ。

そんなわけで、まったりと食休み中だ。

特に今日は休みでやることもないしね。

食いしん坊カルテットと〝箱舟〟の面々には、朝食後だしとりあえず無難ということで100％のオレンジジュースを出してある。

俺は、アイテムボックスから陶器製のコップを取り出した。

ここは透明なグラスにしたいところだったが、〝箱舟(アーク)〟の面々もいるしね。

氷がカランと音を鳴らすとともに、コーヒーの香りが鼻孔をくすぐる。

常夏の気候なんだもん、コーヒー好きとしてはそこで飲むならやっぱりアイスコーヒーでしょってことで、ネットスーパーでちょっと贅沢(ぜいたく)にコーヒー粉を買って昨日から仕込んでいた。

選んだのはアイスコーヒーにも最適と紹介されていたキリマンジャロブレンド。

香りを壊さないように、そのキリマンジャロブレンドのコーヒー粉を通常の倍量使って濃い味になるようにドリップして、氷の入った容器に入れて急速冷却。

こうすると香りが失われることなくアイスコーヒーを楽しむことができる。

作っておいたアイスコーヒーをアイテムボックスにしまっておけば、出来立ての香り立つアイスコーヒーを楽しめるというわけだ。

「ん？　ムコーダさん、その飲み物は？」

聞いてきたのはガウディーノさんだ。

目ざといな。

「これですか？　俺の故郷の飲み物で、香りがいいんです。苦いですけどね」

このままだとね。

俺は、考えていた説明をスラスラと言ってのけた。

嘘(うそ)は言ってないし。

新しい飲み物に、目を光らせて興味津々の様子だったフェオドラさんだが「苦い」と聞いて、一瞬で興味を失ったようだ。

その様子に苦笑いしつつ、ガウディーノさんに「飲んでみますか?」と聞くと「止めておく」と断られた。

コップの中を覗いて「色がさすがにな……」って引かれた。

真っ黒な色合いが、どうにも飲めるようには見えないようだ。

コーヒーなんだから黒いのは当たり前でしょ。

聞いておいて、そんな引き攣った顔しないでよね。

コーヒーはこういう飲み物なんだからさ。

「香りがいい飲み物というと、紅茶なら少しは嗜むんだがな」

ガウディーノさんがそう言うと、ギディオンさんとシーグヴァルドさんから茶々が入る。

「そうなんだよなー。リーダーって、行く先々で絶対紅茶買い漁ってるもんなぁ」

「うむ。そんなものより男は酒じゃろうと思うんじゃがのう」

ガウディーノさんが、茶々を入れた二人に「うるさいな。人の好みに文句付けるなよ」と抗議している。

意外と言っては失礼だけど、ガウディーノさんは紅茶好きのようだ。

でも、紅茶ならば……。

「紅茶もありますよ。冷たい紅茶は香りは弱いですけど、スッキリとした苦味と爽やかな飲み心地でけっこういいんですよ」

最近は紅茶もイケる俺は、アイスティーの準備も怠らなかった。

ネットスーパーで選んだ茶葉は、無難にアールグレイだ。

やっぱりアイスティーなら爽やかな飲み口は重要だからね。

温めたティーポットにアールグレイの茶葉を通常の倍量入れて、沸騰したての熱湯を注いだら、フタをして蒸らして、あとは茶漉しでこしながら氷の入った容器に入れて急速冷却。

「おお、紅茶もあるのか。是非飲ませてもらいたい」

紅茶と聞いて、俄然興味を持ち出したガウディーノさん。

アイスティーが入った陶器製のコップを出してやると、早速ゴクリと飲んでいる。

「確かに香りは弱い。が、いい香りだ。飲み口もムコーダさんの言うように、スッキリと爽やかだ。なによりこういう暑い最中ゴクゴク飲めるのが悪くない」

「ですよね。熱いのも悪くないですけど、やっぱりこういう気候なら冷たい方が美味しいですし」

「ああ。だが、氷をこのようにふんだんに使った贅沢な飲み物は、なかなか飲めるもんじゃないけどな」

ガウディーノさんに言われて、あ～そういう話になるのかと思った。

うちじゃあフェルがいるから氷は使い放題だけど、普通は氷魔法の使い手がいるか、魔道冷凍庫でもないと無理だもんなぁ。

氷魔法の使い手がいても、凍らせる水は用意しないといけないようなこと聞いたし。

なにせ、水魔法で出る水は通常じゃあ飲み水になるようなもんじゃないって言うからね。

なんにしろ、うちは氷が使い放題で良かったわ。

そんなことを思いながらアイスコーヒーを飲む俺だった。

『おい』

アイスコーヒーを飲みつつまったりしていると、フェルから声がかかった。

「んー？」

『我らは狩りに行くぞ』

「狩り～？　何だよ、今日は休みだろー」

『別にお主は来んでいい』

「俺は行かなくていいって、フェルとゴン爺とドラちゃんとスイで行くってこと？」

『そうだ』

「そうだって、守りはどうするんだよ？　この前のベヒモスみたいになるのは嫌だぞ」

通称〝ウラノス〟での苦い思い出が頭をよぎる。

『あれは、たまたまだ』

「たまたまってなぁ～。ここでもそのたまたまがあったらどうするんだよー」

『この周辺には雑魚しかおらん！　それに、結界も張っていく』

「えー」

トラウマっていうのはけっこう引きずるんだぞ。

『お主を中心に、あそこの木まで結界を張ろう』

あそこの木っていうと、15メートルくらい先にあるヤシの木か。

半径15メートル、直径にすると30メートルのドーム型って感じか。

『それも我とゴン爺のだぞ。これ以上ない防御だろうに』

「本当の本当に雑魚しかいないんだろうな？」

『本当だ。我は嘘は言わん』

「しょうがないなぁ。分かったよ。んで、昼には戻ってくるのか？」

『くっ、昼飯か。それは考えてなかった……』

そこまで落ち込むなよ。

昼飯の1回や2回抜いたってどうってことないってのにさぁ。

「あーはいはい、お弁当としてマジックバッグに適当に入れて渡すから、昼はそれ食いな」

『なぬ!?　お主、気が利くではないか！』

食いやすいカツサンドを皿に載せて、おかわり分も含めて詰めてやった。

『それでは、皆行くぞ！』

「ちょい待った！　結界は？」

『主殿、儂（わし）のもフェルのもすでに張ってあるぞい』

『んじゃあ行くぜー！　ヒャッホウ、楽しみ～』

『あるじー、行ってきまーす！』

「みんな気を付けるんだぞー！　それと、日が暮れるまでには帰って来いよー！」

フェル、ゴン爺、ドラちゃん、スイの食いしん坊カルテットを見送った。

「ムコーダさん、フェンリル様や古竜(エンシエントドラゴン)様たちどこ行ったんだ?」

ギディオンさんが聞いてきた。

「みんなで狩りに行くって、行っちゃいました。でも、結界だけはしっかり張っていってくれてるんで、ここは安全です。俺たちはゆっくり過ごしましょう」

「そうか」

そんなホッとしたような顔しないでよ、ギディオンさん。

「しかし、さっきベヒモスとかいう恐ろしい名前が聞こえてきたんじゃがのう……」

顔を引き攣らせたシーグヴァルドさんがそう言う。

聞いてたんかい。

でもまぁ……。

「いろいろあるんですよ、いろいろね」

そう答えると、ガウディーノさんやギディオンさんまで顔を引き攣らせていた。

解せぬ。

それからは、アイスコーヒーやアイスティーを飲みつつ、浜辺に寝転んでゆっくりと過ごした。

昼前は。

昼になって、〝箱舟(アーク)〟の面々とカツサンドで昼飯。

フェルたちにお弁当に持たせてやったら、自分でも食いたくなってな。

ガウディーノさんとギディオンさんとシーグヴァルドさんには、ビールもちょこっとだけ出してやった。

フェオドラさんは、カツサンドが気に入ったのか両手に持ってモリモリ食っていたよ。

昼飯後は、昼前と同じく浜辺に寝転んでまったりゆっくり過ごそうかとも思ったんだけど、アイテムボックスに保存してある作り置きが目減りしていることに気付いたら、無性に気になってなぁ。

結局、作り置き用の料理をして過ごした。

フェオドラさんが、魔道コンロの前に陣取ってこっちをというか、できあがっていく料理を凝視しているのにはうんざりしたけどね。

ちょこっとだけお裾分けしつつしていたら、手を出すことはなかったから放っておいたけど。

昼過ぎは、そんな感じで料理三昧だった。

ゆっくりはできなかったけど、気になったしこういう性分だからしょうがないよね。

「しかし、もうそろそろ戻ってきてもいい頃なんだけどなぁ。せっかくみんなの大好物のから揚げ作ってあるのに……」

狩りに行くって、どこまで行ったのやら。

フェル、ゴン爺、ドラちゃん、スイは、上陸した砂浜から反対側へと来ていた。

そこは砂浜から一転してゴツゴツとした岩がむき出しになった崖になっている。

その崖には、海水が入り込む洞窟がポッカリと開いていた。

『ククク、ここだな』

『うむ。いるのう』

『フェルとゴン爺が話してたのはこの洞窟か？』

『ここで狩りするの～？』

洞窟を前にして、目を爛々(らんらん)と光らせるフェル、ゴン爺、ドラちゃん、スイの食いしん坊カルテットだった。


遡ること昨日――。

コソコソと話し込むフェル、ゴン爺、ドラちゃん、スイの姿があった。

『で、あいつの休みの提案をあっさり受け入れて先に進まない理由、教えてくれるんだろ？』

『うむ。狩りをするためだ』

『おいフェルや、もうちと詳しく説明せんと分からんじゃろうが。まったくもう。儂が説明するわい。実はのう……』

そう言って、ゴン爺がドラちゃんとスイに説明をした。

ゴン爺の説明によると、狩りとは言っても、通常の獣系の魔物を狩るのではないという。

というか、そもそもだが、この階層は海の魔物メインで、島であっても獣系の魔物は一切いないのだという。

これは、フェルとゴン爺が気配をたどって確認していることだから間違いのないことのようだ。

では、この島で何を狩るのかというと……。

『ここからちょうど島の反対側に、ほぼ間違いなく洞窟があるんじゃ。そこから妙な気配がしてのう』

『妙な気配だと？』

『うむ。おそらくはアンデッドじゃ』

『アンデッドだと!?』

『ホネー！』

『そうじゃスイ。骨もいるのう』

『いやいやいや、『骨もいるのう』じゃなくて！　今、この階層は海の魔物メインって言ってたじゃねぇか』

『そうじゃ。だから逆に面白そうじゃろう。じゃが、主殿に言ったところで……』

『絶対に反対するわなぁ。ってか、アイツならアンデッドと戦うくらいなら先に進んだ方がマシだって言いそうだわ』

『うむ。神から頂いた印があるというのに』

『なぬ？　そんなものがあるのか？』

『ああ。エイヴリングのダンジョンに挑む時に彼奴がいただいたそうだ』

『その印を体に付けてもらうと、アンデッドも一発の攻撃でお陀仏だったぜ』

『ビュッビュッてやっていーっぱいホネやっつけたんだよー』

『ほ～、主殿はそんなものを持っているのか。まぁそれでも、主殿は行くとは言わんじゃろうな。一緒にいる時間が一番短い儂でも分かるわい』

『そういうところで弱腰だからな。彼奴は』

『ドラよ、そういうわけじゃ。しかものう……』

『その洞窟、まぁまぁの強さの奴がいるな』

最後にギラリと目を輝かせたフェルが獰猛な顔でそう言ったのだった。

◇◇◇◇◇

早速とばかりに、洞窟を進む食いしん坊カルテット。

洞窟の中央を海水が満たし、脇のゴツゴツとした岩場を辿っていく。

すると、海水で満たされた水路のようになっている中央にどこからともなく小舟がスーッと現れた。

小舟に目を向ける食いしん坊カルテット。

そして……。

ガタガタッという音とともにスケルトンが立ち上がった。

『あ！　ホネだー！　エイッ』

ビュッ。

スイが我先にと酸弾を放つが……。

『あれ～？』

スケルトンは倒れず、こちらに向かってきていた。

スイの酸弾はスケルトンの肋骨(ろっこつ)を少し溶かしただけで、動くのに支障があるほどではないようだ。

『スイ、前のようにはいかんぞ。アンデッドというのはしぶといのだ。仕留めるのなら、頭に向かって酸を多めに飛ばせ』

『そうだぞ。前みたいにアイツに印を押してもらってるわけじゃないからな』

『そっかー、分かったやってみるー。エーイッ』

フェルとドラちゃんのアドバイスに従って、スイがスケルトンの頭に大きめの酸弾を放った。

ビュッ、ビュッ。

最初のスケルトンと追加で立ち上がった2体目のスケルトンの頭に酸弾が命中した。

ジュワッと溶けていく頭蓋骨。

頭蓋骨を失ったスケルトンは、バラバラに崩れていった。

『ヤッター！』

ポンポン飛び跳ねて喜ぶスイ。

『そうだ、スイ。アンデッドはしぶといが、頭を潰せば確実に仕留められる』

『うむ。アンデッドはしっかりと仕留めねば復活するからのう』

『面倒だが、出てくるアンデッドの頭を確実に潰して進んでいくぞ』

『カーッ、面倒くせぇがそれしかなさそうだな。スイ、気合入れて行くぞ！』

『うんっ』

それから、洞窟の奥に進むごとに出てくるスケルトンの数は増し、船から岩場からと方々から襲ってきた。

それとともに、徐々に上位種であるスケルトンウォーリアやスケルトンナイト、スケルトンメイジも出てくるように。

しかしながら、食いしん坊カルテットの敵ではなかった。

それどころか、ほぼドラちゃんとスイだけで仕留めていた。

ドラちゃんは得意の氷魔法で頭蓋骨を粉砕し、スイは酸弾で頭蓋骨を溶かしていく。

張り切って進むドラちゃんとスイの後を、悠々と歩くフェルとゴン爺の二大巨頭。

危うさの欠片もなく、どんどんと洞窟の奥に進んでいく食いしん坊カルテット御一行だった。

そして……。

『わぁ〜』

『随分と開けた場所に出たな』

洞窟の先にあったのは、ドーム状に広がる空間だった。

流れ込んだ海水がそこに溜まり、雨風に影響されない天然の船着き場のような場所だ。

『む、船があるな』

『うむ。あそこから気配を感じるぞい』

帆はボロボロで船体も朽ちかけているおどろおどろしい雰囲気の巨大な木造船がそこには浮かんでいた。

その朽ちかけた木造船の甲板に、古びてはいるがまるで海賊のような服と帽子のひときわ大きなスケルトンが躍り出てきた。

『フハハハハハハッ、よくぞここまでやってきた！』

頭蓋骨の落ちくぼんだ目にともる赤い光。

それが、船の下にいたフェル、ゴン爺、ドラちゃん、スイに向けられた。

『…………え？』

気の抜けた声を出すスケルトン。

『ふむ。スケルトンキングか。我が相手をしてやろう』

フェルがスケルトンキングをロックオンしながら獰猛な顔で笑った。

『行くぞ』

『ちょっ、待て！　なぜここにフェンリルがいるっ⁉』

その問いかけも空しく、フェルは問答無用で爪斬撃を放つ。

『アーーーッ！！！』

スケルトンキングは反撃する間もなく船ごとバラバラになっていったのだった。

『フェルおじちゃん、ズルーい！』

『そうだぞフェルー、お前最後の最後に美味いとこだけ持ってくなんてズリィだろが！』

『儂もちょっとは戦いたかったのう』

みんなから責められてバツの悪そうなフェル。

『ダ、ダンジョンの魔物なのだから、次に湧いたときに倒せばいいだろう』

そう言って誤魔化すが、そうは問屋が卸さない。

『次はいつだってんだよう。フェルは分かるのか？』

『ぐっ……』

ドラちゃんの追及に呻くような声を発し、苦虫を噛み潰したような顔をするフェルだった。

『ねぇねぇ、スイ、お腹空いた～』

そこへ、期せずして救いの声が。

『そ、そうかそうか。よし、彼奴がよこした飯を食いながら待つというのはどうだ？』

フェルは、嬉々としてスイの言葉に乗っかったのだった。

『なぁーんか誤魔化された感じだけど、まぁ腹も減ってるし、そうすっか』

『その前に宝箱が出たようじゃから、主殿の土産に回収じゃ』

◇　◇　◇　◇　◇

フェル、ゴン爺、ドラちゃん、スイが宝箱の前に集合した。

『では、開けるぞ』

フェルが器用に前足で宝箱を開けると……。

プシューッ――――。

ドス黒い煙が噴き出す。

『フンッ』

風魔法で強化した鼻息で、いとも簡単にそのドス黒い煙を吹き飛ばした。

そして、みんなが一斉に中を覗く。

『なんだ、金貨かよ』

『あるじが持ってるピカピカと同じだー』

『フン、ハズレだな』

『スケルトンキングとなるとリッチと並びアンデッドの上位種のはずなんじゃがのう。しかも、彼奴は人語を話しておった。それなりの魔物のはずなんじゃが、その割にはショボいわい』

散々な言われようだ。

大きな宝箱いっぱいに詰まった金貨となれば、もちろん一財産だ。

普通の冒険者であれば泣いて喜ぶところである。

それこそ、贅沢をしなければ一生働かずに暮らしていけるくらいなのだから。

『まぁ、それでも一応は回収しておくかのう』

そう言って、預かっていたマジックバッグへと宝箱をしまうゴン爺だった。

『ムゥ、やることがないな。飯でも食いつつ待つか』

『そうするかのう』

『賛成！』

『ごはん～』

満場一致で昼飯と相成った。

持たせてもらった昼飯をマジックバッグからいそいそと取り出していくフェル、ゴン爺、ドラちゃん、スイ。

皿に載った山盛りのカツサンドに目を輝かせる食いしん坊カルテット。

カツサンドはみんな大好物である。

全員がすぐさま大口を開けてかぶりついた。

『カツサンド、やっぱ美味いなぁ～』

『揚げた肉をパンに挟むなど、天才じゃな主殿は』

『美味し～』

ソースが馴染んだカツサンドがマズいわけがない。

しかし、フェルだけは鼻に皺を寄せてしかめっ面をしていた。

『我もこれは嫌いではない。が、彼奴め何故野菜を入れたのだ』

皿に載ったカツサンドの半分には、たっぷりと千切りキャベツも挟まれていた。

野菜を食べさせるための苦肉の策なのだろう。

『キャベツが挟んであるのもそんなに悪くないぞ。シャキッとした食感も加わって美味いと思うけどなぁ～』

『うむ。肉だけのも良いが、ドラの言うとおり、こちらも美味いわい』

『どっちも美味しいよ～』

ドラちゃんとゴン爺とスイはキャベツ入りでも全然ＯＫらしい。

『なら、誰かこの野菜を挟んだものと肉だけのものと交換しろ』

自分以外がキャベツ入りのカツサンドも美味いと言うのを聞き、フェルがそんなことを言い出す。

しかし……。

『それとこれとは別だ』

『うむ。両方とも味わいたいからのう』

『スイもどっちも食べたいからヤダー』

きっぱりと断られて撃沈するフェル。

渋々キャベツ入りのカツサンドをパクつくフェルだった。

そんなこんなで１皿目をペロリと平らげた食いしん坊カルテットが、いざおかわりの２皿目に突入するというときに異変が。

灰色がかった霧が立ち昇ったかと思うと、その霧の中から先ほどの朽ちた木造船が現れた。

そして……。

『復活ッ！』

元通りの姿に蘇（よみがえ）ったスケルトンキングが、朽ちかけた木造船の甲板に仁王立ちしていた。

そして、頭蓋骨の落ちくぼんだ目にともる赤い光が、船の下にいたフェル、ゴン爺、ドラちゃん、スイを捉えた。

『ゲーッ、まだいるっ』

強者であるはずのスケルトンキングがオロオロしだす。

『ほ～、半刻程度で再び湧いてくるようだのう』

『ヤッタ！　次は俺俺、俺だかんな！』

『えー、スイがヤルー！』

『待て待て、お主ら。こういうことは年功序列じゃろう。年嵩（としかさ）の儂からじゃ。まぁ、誰かさんはそういうことも考えずに、調子に乗って最初にいってしまったがのう』

『グルルルル、誰が調子に乗ってだ』

『ま、やるにしても、飯を食ってからじゃ』

『それは当然だな』

『だよな～』

『おかわり～』

そう言って余裕綽（しゃくしゃく）々で飯を食い続ける食いしん坊カルテットに、さすがにスケルトンキングもカチンときたようだ。

『クソッ、俺だって元は巷で恐れられた海賊の頭なんだぞ！　クラーケンとの激闘で船ごと沈められて死にはしたが、魔物として蘇って、それからスケルトンキングにまで昇り詰めたんだからな！』

しかし、スケルトンキングのそんな言葉は、カツサンドに夢中な食いしん坊カルテットの耳にはまったく届いていなかった。

だが、このスケルトンキングは元海賊だけあって、姑息な手段もお手の物。

こちらを気にもかけていない今こそ最大の好機とみたスケルトンキングが、背負っていた大剣を素早い動きで振り下ろした。

『死ねーッ！！！』

魔法なのかスキルなのか、一振りで何十もの斬撃が飛んだ。

ガキンッ、ガキンッ、ガキンッ、ガキンッ、ガキンッ、ガキンッ――――。

すべてが何かにぶつかったかのように防がれる。

自分の最大にして最高の攻撃が防がれ、唖然とするスケルトンキング。

無防備な今なら、フェンリルだろうがドラゴンだろうが、致命傷になるくらいの傷は負わせられるはず。

そう思っていたスケルトンキングだが……。

二大巨頭による頑丈すぎる結界に、スケルトンキング渾身の攻撃は防がれてしまった。

『我らの飯時を邪魔するとは、万死に値するな』

『まったくじゃ』

『死んで詫びろ』

『ご飯邪魔するホネは嫌いー』

『ちと早いが、どれ、儂が相手をしてやろう。ここまでするつもりはなかったが、仕置きじゃ。ホレ』

ゴン爺の口の中がカッと光り、あふれんばかりに光を伴ったゴン爺のドラゴンブレスが放たれた。

『またかーーーーッ！！！』

スケルトンキングは反撃する間もなく船ごと光の中に消えていったのだった。

カツサンドを存分に堪能したあとに回収した宝箱の中には、大粒の青いサファイアを柄の中央にあしらい、その周りをダイヤモンドなどの宝石で埋め尽くし、鞘にも宝石がちりばめられた、贅を尽くしたという言葉が相応しい短剣が一振り収められていた。

『これ、剣なんだよな。こんなの使えんのか？』

『魔剣でもない剣などハズレだろう』

『まぁ、そう言うな。宝石くらいは価値があるじゃろうて』

『スイが作ったやつの方がキレイだよー』

普通の冒険者ならば、これだけで一生遊んで暮らせるほどの財産になるのだが、食いしん坊カルテットの反応はまたもやしょっぱいものだった。

とは言うものの、一応は回収する。

そして、昼寝をしつつ再び半刻を待つ食いしん坊カルテット。

『む、湧いたようだな』

欠伸(あくび)をしつつそうつぶやいたフェル。

『いるのう。隠れてこっちを窺(うかが)っているようじゃな』

ゴン爺も気配を察知しているようだ。

二大巨頭にすぐさま復活したのを見破られたスケルトンキング。

『よっしゃ！　次は俺な！　オラァッ』

ドシュッ、ドシュッ、ドシュ、ドシュドシュッドシュッドシュッドシュ――――。

ドラちゃんの氷魔法が炸裂(さくれつ)。

スケルトンキングごと、朽ちた木造船を鋭い氷の柱が次々と串刺しにしていく。

『なんでこうなるんだよーーーっ！』

今回も、スケルトンキングは反撃する間もなく船ごと海に沈んでいったのだった。

そして、間もなく現れた宝箱の中には……。

『1つ、2つ、3つ……、宝石が10個入っているのう。こりゃダイヤモンドじゃろうな』

『ちぇーっ、たったこれだけかよ～』

『どうもここの宝箱はハズレばかりだな』

『お肉の方が絶対いいのにね～』

またもや散々な言われようだ。

10カラット以上に相当する大粒のダイヤモンドが10個となれば、相当な価値であるのに。

文句を言いつつも、当然これも一応は回収する。

そして、またもや半刻を待つ食いしん坊カルテット。

『おぉ、湧いたようだのう』

『よし、スイの番だ』

『ハーイ！ いっくよー、エイッ！』

ビュッ、ビュッ、ビュッ、ビュッ、ビュッ、ビュッ、ビュッ――――。

朽ちた木造船に、スイによって放たれた大きめの酸弾が降り注いだ。

『もうお前ら出ていけぇーっ！』

またもやスケルトンキングは反撃する間もなく船ごと溶かされていったのだった。

そして、恒例となりつつある宝箱の中を覗くと……。

『なにこれー？』

『赤い石だと？ 宝石か？』

『いや違うようだ。鑑定では〝賢者の石〟と出ているぞ』

『〝賢者の石〟とは、聞いたことがあるようなないような……。うーむ、すぐには思い出せんのう。それより、その石の下になにか紙があるようじゃが』

ゴン爺が鋭い爪でその紙をプスリと刺して取り出した。

『何々……。おおっ、これは、この間のルバノフ教とかいう不逞（ふてい）の輩（やから）たちを懲らしめた件についてのデミウルゴス様からの報酬らしいわい。この〝賢者の石〟を使うと、普通の鉄がミスリルやらオリハルコン、ヒヒイロカネに変わるそうじゃ』

『ほ～。さすが神がくださったものだ。ヒヒイロカネなど、この我でも数度しか見たことがないほどのものだぞ』

『えー、なんでスイがやった時にそういう良さそうなのが出るんだよー』

『わーい』

神が授けた〝賢者の石〟。

フェル、ゴン爺、ドラちゃん、スイは単に〝良いもの〟としか捉えてないが、世に出れば相手を殺してでも、国ならば戦争をしてでも相手から分捕りたいと願うものだったりするのだが。

食い気が一番の食いしん坊カルテットには、結局のところ人間世界の価値なんてどうでも良い話なのであった。

『では、帰るとするか。しかし、もう少し手応えがあると思ったのだが……』

『儂らが強すぎるんじゃろうて。ま、こういう時こそ主殿の美味い飯でも食って気晴らしじゃ』

『ああ。それがいい。早く帰って美味い飯にありつこうぜ！』

『あるじのごはんー！』

ようやく戻ってきたフェル、ゴン爺、ドラちゃん、スイの食いしん坊カルテット。

その名に相応しく、みんな開口一番に『腹減った』だった。

苦笑いしつつ、すぐさま夕飯にしたよ。

そして、みんなの大好物のから揚げに舌鼓を打ちつつ、今日の狩りの話に。

「そんで今日は何を狩ってきたんだ？」

俺がフェルたちに話を振ると、〝箱舟（アーク）〟の面々も興味津々の様子で耳を傾けている。

『ま、まあ、ここから反対側にあった洞窟にちょっとな』

『そ、そうじゃな』

んん？

フェルもゴン爺もはっきり言わないし、なぁんか歯切れが悪いなぁ。

こういう時は、素直なスイちゃんに聞くとしますか。

「へぇ～、島の反対側まで行ってたんだ。で、スイちゃん、何を狩ったのかなぁ？　教えて～」

『うんとねー、ホネー！』

から揚げを体内に取り込みながら、素直に答えるスイ。

それを見て、スイの隣にいたドラちゃんが、手を頭に乗せてアチャーという仕草をした。

「ホネ？」

『うん、ホネー』

…………。

「ホネって、スケルトンのことか？」

ギディオンさんのヒソヒソ声が聞こえてきた。

スイの念話は聞こえていないものの、俺の「ホネ」という言葉で連想したようだ。

やっぱそうだよねー。

骨の魔物って言ったらスケルトンだよね。

「フェル、ゴン爺、どういうことかな？」

少なくともフェルとゴン爺は、アンデッドがいるって分かって行ってるはずだよな。

俺としては、みんなは肉がドロップしそうな獣系の魔物を狩りに出掛けたと思っていたんだけど。

いったいどういうことなんでしょうねぇ～。

俺から目を逸らして、ひたすらから揚げを食い続けるフェルとゴン爺。

言わないつもりならこっちも奥の手を出すからな。

「明日の飯はどうしようかなぁ～。アルバンからもらった野菜もたくさんあるし、肉少なめで野菜たっぷりの炒め物なんていいかもしれないなぁ～」

『お、おいっ！　それは卑怯だぞ！』

『そうじゃ！　そんな殺生な仕打ちはひどいぞい、主殿！』

「なぁに言ってんだよー。卑怯でも殺生な仕打ちでもないだろー。俺はただ明日の飯のメニューは、どうしようかなーって考えてただけだしー」

とぼけてそんな風に返すと、フェルもゴン爺も苦々しい顔をしている。

「ホント、明日の飯はなんにしようかなぁ～。あ、そうだ！　この際、肉は無しで野菜尽くしっていうのもありかもー」

『ぐぬぅ』

『ふぬぅ』

俺の『肉は無しで野菜尽くし』という言葉を聞いて、呻き声をあげるフェルとゴン爺。

そして、肉無しの野菜尽くしな飯がよっぽど嫌だったのか、フェルとゴン爺がようやく白状したのだった。

「いや、話は分かったけど、それならそうと最初っから言えば良いのに」

『だからさっきも言っただろうが。お主に言っても絶対に「行く」とは言わぬだろうが』

「いやまぁ、そうだけどさ」

当たり前じゃん。

アンデッドがいる場所なんて好んで行くわけないし。

『じゃから、主殿が「休みが欲しい」と言ったときに、それに同意したというわけじゃ』

「俺が休みの間にお前らだけで行ってこようって魂胆だったたってことだな」

『いやまぁ、間違ってはいないのう』

なにが『間違ってはいないのう』だよ。

最初っから俺に内緒で行く気満々だったってことじゃん。

「フェルやゴン爺、ドラちゃんは心配ないけど、スイはまだ子どもなんだからな。あんまり無茶な所には連れ出すなよな！」

『フン。スイに無茶な所などあるか。実力は折り紙付きだ。お主だってスイの戦いぶりは幾度となく見ているだろうが』

『うむ。儂も、こんなに強いスライムを見たのは初めてじゃ。スイがそうそうやられるはずはないのう』

『ってかよ、お前はスイに対しては心配し過ぎなんだっつーの』

スイが強いっていうのは、そりゃあ分かってるよ。

どんだけ一緒にいると思ってんだよ。

心配し過ぎっていうのも分かってはいるんだし。

でも……。

『あるじー、から揚げ美味しいね～』

キャッキャと嬉しそうにから揚げを食っているスイ。

「スイ～」

その無邪気な可愛さに、思わずスイを抱き上げてギュッと抱きしめる。

やっぱダメ！

心配！

「こんなに可愛いスイに何かあったらって思ったら、心配せずにはいられないだろ！」

そう言いながらプルプルのスイに頬ずりする俺。

『ウフフ。あるじー、くすぐったいよぉ』

「ウフフ、くすぐったいかぁ。じゃあ、もっとしちゃおうっかなぁ。ウリウリ」

イチャつく俺とスイを見て、なぜかため息を吐いているフェルとゴン爺とドラちゃん。

『親バカめが』

『親バカじゃな』

『親バカ全開だな』

フン、親バカ上等。

親バカでなにが悪いってんだ。

『フン、まぁいい。土産があるぞ』

「土産？」

『うむ。宝箱が出たのじゃ。主殿へと思ってのう。一応持ってきてあるのじゃ。4つほどな』

『ほらよ、こん中に入ってる』

ドラちゃんが渡してきたマジックバッグ。

みんなが狩りに行くっていうんで、今朝持たせたものだ。

中に入っていたものを出していくと……。

「よっこいせと」

最初に出てきた宝箱の中身は、箱から零(こぼ)れ落ちそうなほどに満杯に入った金貨だ。

「おぉ」

「スゲー……」

「あれだけの金貨、めったにお目にかかれないのう」

「眩(まぶ)しい……」

ガッツリ注目していた〝箱舟(アーク)〟の面々から声が上がった。

そんな驚くことかな?

ダンジョンの宝箱に金貨って、けっこうあるあるだろ。

ってか、今までもけっこう宝箱が出たから、ダンジョン産の金貨は俺のアイテムボックスの中にたくさんあるし。

2つめに取り出した宝箱。

その中身は……。

「短剣か」

ゴテゴテと宝石で装飾された短剣が出てきた。

これは実用というよりは、飾り物だな。

「ゴクリ。すごいものだな……」

「見ろよ、あの宝石の大きさ……」

「正に贅の限りを尽くした短剣じゃわい……」

「あれ、ミスリル……」

これ、見た目は豪華だけど、多分使えないよ。

だって、柄にもこんなに宝石が付いてるんだから、握り難(にく)いしギュッと握ったら痛そうだもん。

刃はミスリル製みたいだけど、使えないんじゃあねぇ。

これは買い取りに出す物件かな。

次、3つ目の宝箱だ。

中に入っていたのは……。

「ダイヤモンドか」

大粒のダイヤモンドが10個ほど入っていた。

これも買い取りに出す物件だね。

「ダイヤモンド……」

「ダイヤモンドといやぁ人気の宝石だわい。すぐにでも買い手がつくぞ」

「あんな大粒なのあるもんなんだな……」

「キラキラ……」

羨ましそうに見てくる〝箱舟(アーク)〟の面々。

「しかし、どれもこれもすごいお宝じゃのう」

「ああ。どんなのを倒したらあんなのが出てくるんだろうな」

「それ、俺も思った。すっげぇ興味ある」

シーグヴァルドさん、ガウディーノさん、ギディオンさんが宝箱を凝視しつつそんなことを話している。

フェオドラさんも興味があるのか、しきりに頷いているよ。

『む、これを落とした相手か？　スケルトンキングだぞ』

〝箱舟〟の面々の話を聞いていたフェルがそう答える。

『うむ。人語を解し、しゃべっていたから、もう少しやりよるかと思ったが、たいしたことなかったのう』

フェルに続いてゴン爺がそう言った。

というか、人語を解してしゃべる魔物？

たいしたことなかったとか言ってるけど、本当はヤバめのヤツなんじゃないのか？

『うん、しゃべるホネをやっつけたんだよー』

『みんな1回ずつ戦ってみたけど、みんな一発で倒してたよなー』

ドラちゃんが、みんな一発で倒したって言ってるけど、やっぱりたいしたことないのか？

よく分からんな。

「いやいやいや、スケルトンキングだぞ。リッチと並んでアンデッド最高峰のSランクの魔物だぞ」

「スケルトンキングっていやぁ、昔、万の軍隊が討伐に動いたけど全滅したって逸話が残ってるよなぁ」

「スケルトンキングなぞ相手にして、生き残れる未来が浮かばんわい」

「スケルトンキング……」

スケルトンキングと聞いて、目を剝く〝箱舟〟の面々。

はい、たいしたことありました。

Sランクのヤバめの魔物でした。

いや、それを一発で倒す食いしん坊カルテットの方がヤバめなのだろうか……？

それは考えないようにしよう、うん。

次だ次。

最後、4つめの宝箱。

中身は……。

「ん？　なんだろう、この赤い石……」

『それはのう、この間の件についての儂とフェルへのデミウルゴス様からの報酬じゃそうじゃ』

「この間の件のデミウルゴス様からの報酬？…………ああ！」

ルバノフ教のことねー。

デミウルゴス様も律儀だなぁ。

『〝賢者の石〟というそうだぞ』

「賢者の石？」

『うむ。この〝賢者の石〟を使うと、普通の鉄がミスリルやらオリハルコンやらヒヒイロカネに変わるらしい』

…………は？

フェルさんや、今サラッと言ったけど、ものすごいこと言ってませんでした？

ゴクリと喉を鳴らしながら、恐る恐る〝賢者の石〟とやらを鑑定してみる。

【賢者の石】
錬金術師たちが追い求める至高かつ伝説の石。この石を媒介にして鉄に魔力を流すと、その魔力量により鉄がミスリル、オリハルコン、ヒヒイロカネに変化する。

「……ふぁっ!?」

マ、マジだ。

鉄がミスリル、オリハルコン、ヒヒイロカネに変化するって……。

というかだ、めっちゃ気になっていることがある。

「ミスリルは、少量だけど流通してるよな」

俺も某所で見つけたミスリルで、スイに作ってもらった剣と槍を持っているし、高ランク冒険者なら持っている者もいる。

でもさ……。

「オリハルコンとかヒヒイロカネって、あるの?」

聞いたことがないんだけど。

それは、シーグヴァルドさんが答えてくれた。

「オリハルコンもヒヒイロカネも、かつては現存していた記録が残っとる。だが、今はない。大昔に製錬方法も加工方法も失われた、伝説の金属と言われておるわい。だがのう、ドワーフの鍛冶師の中には未(いま)だ追い求めている者が数多くいると聞く」

ゴクリ……。

「も、もしですよ、オリハルコンとかヒヒイロカネの現物が出回ったとしたら?」

「……血を見ることになるじゃろうのう」

ヒェ〜。

ちょっとー、デミウルゴス様、こんなのいらないって!

〝賢者の石〟って、なんてものよこすんですか!

これじゃあ褒美じゃなくって、罰ゲームでしょうがぁぁぁっ。

こんなの世に出せるわけないじゃん!

アイテムボックスに永久保存だよ!

って、どうしよう。

〝賢者の石〟、ヤバいなんてもんじゃないのに、〝箱舟(アーク)〟の面々にバレてるじゃん。

こ、ここは真摯にお願いするしかない。

「あ、あの、これは、見なかったことに。こ、こんなものは、宝箱から出なかった。最初から無かったんです。どうか、どうか、くれぐれもよろしくお願いいたしますっ」

土下座する勢いで頭を下げる俺。

そして、その俺のお願いに、青い顔で頷く〝箱舟（アーク）〟の面々。

「ハハ、俺は何も見てない、何も見てないぞ」

「フハハ、そうだ。〝賢者の石〟なんてものはまったく知らないぜ」

「そんな厄介なもの、儂は知らん。知らんったら知らんわい」

「何も無かった。私は何も見ていない」

ガウディーノさん、ギディオンさん、シーグヴァルドさん、フェオドラさん……。

すまぬ、本当にすまぬ。

デミウルゴス様の無頓着さが生んだ悲しい出来事だったんです。

もうちょっと考えてくださいよ、デミウルゴス様～。

第五章 ラッキーパンチ

ちょっとしたアクシデント？はあったものの、島を後にした俺たち一行は再び海へと繰り出した。

俺たちを乗せた巨大スイが順調に進んでいく。

途中、ケートスに襲撃されたけど、一度戦った相手だ。

〝箱舟（アーク）〟の面々がここぞとばかりに狩りまくっていた。

ドロップ品は、スイにお願いしてきっちり回収してたしね。

その辺はさすがAランク冒険者だなって感心したよ。

しかしながら、ドロップ品のケートスの皮が多過ぎたのか、いよいよフェオドラさんのアイテムボックスに入らなくなってきたようで、「残念だけど捨てるしかないな」などと話し合っていたので、申し出て俺のアイテムボックスに収納してあげた。

今は共同でダンジョンアタックしている仲間だしね。

そんなこんなで大海原を進んでいたんだけど、この海域はサメが多いのか、チョイチョイ出てきた。
4、5メートル級のサメ（これも一応魔物らしい）が、俺たちの周りを泳ぎ回ってさ。
最初はビビッていたけど、暇してたスイが嬉々（きき）として触手でブスッと突き刺して狩っていくから、だんだんと「また出たか」ってな気分に。

スイに狩られるだけなのに、サメも次から次へとやってくるものだから、ドロップ品のサメの皮と肉が大量に回収されたよ。

サメの皮なんて、サメ皮おろしくらいしか利用価値が思いつかない。冒険者ギルドでこの大量のサメの皮を買い取ってくれるといいけど。

サメの肉は、フェルたちが食うかどうかは分からないけど、フライや竜田揚げ、すり身にしてさつま揚げにするとか、酒のあてに良さそうなのでとっておこうと考えている。

まぁ、それはいいとして、今はとりあえずは平和に海を進んでいるところだ。

始終4、5メートル級のサメに囲まれてはいるけどねー。

「お、サメがいなくなった」

『うん、いなくなったー』

『ククク、次は我の出番だな』

『儂(わし)もやるぞい』

フェルとゴン爺(じい)が張り切ってる。

嫌な予感がするね。

「おい、フェルとゴン爺がやるって、次は何が出るんだ？」

『シーサーペントだ』

予感的中。

『シーサーペントだと？　俺もやるぜ！』

『スイもー！』

シーサーペントと聞いて、ドラちゃんとスイも俄然ヤル気だ。

というかさ、Sランクのシーサーペントって聞いてヤル気を出すうちのみんなってどうなんだろう、ハハハ……。

『お出ましだ』

ザッパーンッと水しぶきを上げながら姿を現したシーサーペント。

蛇のような細長い胴体を持ち上げて、俺たちに食いつこうと鋭い牙の生えた口を開けて襲い掛かった。

「いきなりかよ！　誰かなんとかしろー！」

『お主は耳元で騒ぐな。フンッ』

フェルが前足を一振り。

ザシュッ――――。

シーサーペントの細長い体がぶつ切りにされた。

『あー！　フェルおじちゃんズルーい！　いっつも先にやっちゃうんだからぁ～』

『そうだぞ！　フェルは少しは遠慮しろっつーの』

フェルに先を越されて、プンプン怒るドラちゃんとスイ。

『心配するな』

『そうじゃ。ここの海域、シーサーペントがわんさかおるようじゃからのう』

ん？

ゴン爺が聞き捨てならないことを言ったんだけど。

「ゴン爺、シーサーペントがわんさかいるって、どういうことだよ？」

『どういうこともなにも、言ったとおりじゃぞ』

「言ったとおりって、いっぱいいるってこと？」

『うむ』

「あのシーサーペントが？」

『そうじゃ』

「ハァァァッ!?　そ、それってヤバイじゃん！」

近くで俺とゴン爺の会話を聞いていた〝箱舟(アーク)〟の面々も、その言葉に唖然(あぜん)としている。

『ほれ、来たようじゃ』

ザッパーンッ――――。

ザッパーンッ――――。

ザッパーンッ――――。

ザッパーンッ――――。

ザッパーンッ――――。

ザッパーンッ――――。

「出たーっ！！！」

6匹のシーサーペントが、俺たちの周りを囲むように水しぶきを上げながら姿を現す。

『ふむ、6匹とはちょうどいい。それぞれ相手するとしよう』

『そうじゃな』

『よっしゃ！』

『ヤッター！』

「ままま、待て！　フェル、ゴン爺、ドラちゃん、スイがそれぞれ1匹ずつってのは分かるけど、残りの2匹は？」

『お前たちでやればいいのではないか。お主もレベルが上がったのだから、1人であれくらい倒せるだろう』

フェルがさも当然のようにそう言った。

「1人で、あれを？……無理無理無理、無理だって！　あんなの相手にできるわけないじゃん！」

あれの相手を1人でしろって、お前は鬼かよ！

『其奴(そやつ)らはヤルつもりのようだぞ』

え？

横を見ると、真剣な顔をしている〝箱舟(アーク)〟の面々がいた。

え、ちょっと、マジ？

「このままだと、俺たちは弱いって思われたままになりそうだからな。ここいらで、俺たちも踏ん張らないと」

そう言ってフェルとゴン爺にチラリと目を向けるガウディーノさん。

「そうそう。ここが勝負所ってやつよ！」

ギディオンさんがそう言って自慢の槍(やり)をギュッと握りなおす。

「それに、シーサーペントに勝ちゃあ箔(はく)がつくしのう。ついでに、一攫千金(いっかくせんきん)じゃあ！」

シーグヴァルドさんはそう言って豪快にガハハと笑った。

「孫と一緒に美味(おい)しいものいっぱい食べるの！」

そう言っていつになく気合を見せるフェオドラさん。

本気だー！

ちょちょちょちょっ、嘘(うそ)でしょ!?

『うむ。よく言った。お主も此奴(こやつ)らを見習って、少しは気張れ』

「なぁっ！　少しは気張れって、少しじゃないだろ！」

『主殿、危なくなったら手助けはするからのう』

ゴン爺にポンポンと前足の爪で肩を叩(たた)かれた。

「危なくなったらじゃなくって、最初からお前らが相手すれば済むことだろぉー！」

『グダグダ言うな。そら、もう来るぞ』

頭を揺らしてこちらを窺(うかが)っていたシーサーペントたちが一斉に襲い掛かってきた。

「チクショーーーッ！」

フェルたちの思惑通り、まんまと参戦しなければならなくなった俺。

急いで、アイテムボックスからミスリルの槍を取り出しつつ……。

「ファイヤーボールだ、こん畜生！」

大口を開けて俺に狙いを定めて襲い掛かったシーサーペントの口内に向けて、ファイヤーボールを放った。

ファイヤーボールは、なんとかシーサーペントの口の中に命中した。

しかし、シーサーペントは少しばかり鬱陶しそうな顔をしただけで、致命傷などというものには程遠かった。

「キシャーッ」

今度はこっちの番だと言わんばかりに、シーサーペントが俺をバクリと捕食しようと襲ってくるが、それを必死に避(よ)ける。

「ハァ、ハァ。あっぶね～。あんなん無理だって。ってか、またかよ!?」

避けたと思ったら、またすぐに襲ってくるシーサーペント。

そして、必死の思いでそれを避ける俺。

その攻防が続いた。

「ゼィ、ゼィ、ゼィ、ゴッホ、ゴッホ……。あ、危なくなったら、手助けしてくれるんじゃないのかよ！」

攻撃を何度も避けていたせいで、足もガクガクだ。

だけど、次の攻撃も避けないと、シーサーペントの餌確定になってしまう。

こっちが弱ってきたのを察知しているのか、シーサーペントも間髪を容れずに襲ってきた。

「クソッ、マズった」

足が思ったように動かずもつれて避けるのが遅れる。

「このぉぉぉっ！」

やけくそでミスリルの槍を前に突き出した。

手に伝わる重い感触。

「ギュアァァァァァァッ」

耳が痛くなるような絶叫がすぐ近くから聞こえた。

そして、ドサリと何かが落ちる音。

頭を上げると……。

「マジかよ」

シーサーペントの眼球に、俺の突き出したミスリルの槍がグサリと突き刺さっていた。

俺とシーサーペント、双方に勢いがあったからなのか、ミスリルの槍は、その長さの半分くらいまで眼球に埋まっている。

これ、脳まで達して死んだってことか。

というか……。

「ヤッタ！　ヤッタゾ！　シーサーペントを倒したぁぁぁぁっ！」

俺は、マグレではあったが、Sランクのシーサーペントを1人で倒すことに成功したのだった。

◇　◇　◇　◇　◇

シーサーペントが数多く生息する海域というだけあって、俺たちが一戦交えた後も次々と襲ってきた。

先ほどの一戦で、精魂尽きた俺は戦線離脱。

フェル、ゴン爺、ドラちゃん、スイのうちの従魔ズと〝箱舟（アーク）〟の面々が相手をしていた。

うちの従魔ズはドカンと一撃で倒すスタイルで、〝箱舟（アーク）〟の面々は連係プレーで手数を出して倒すスタイルだ。

Sランクのシーサーペント相手に、どちらも危なげなく戦っている。

うちの従魔ズは分かるけど、〝箱舟（アーク）〟の面々もすごい。

このダンジョンで、フェル、ゴン爺、ドラちゃん、スイの戦いを見た〝箱舟（アーク）〟の面々は自信喪失気味になっていたりというか、少々弱気な言葉もでたりしていたんだ。

だけど、さっきのシーサーペントとの戦いで自信を取り戻したようで、みなさん自信に満ちあふれた力強い戦いぶりだ。

従魔ズも〝箱舟（アーク）〟の面々もノッてきたのか次々と撃破していく。

ドロップ品は、スイが触手を駆使して残らず回収。

俺は、そのドロップ品をアイテムボックスへ。

スイってばポイポイ放るように回収するもんだから、山になって終（しま）いには海へと落ちそうになっていたからね。

せっかく回収したドロップ品が海へ逆戻りするのももったいないってことで、とりあえず俺のアイテムボックスへ。

特に肉を落としたりしたら、フェルたち食いしん坊カルテットがガッカリってことになっちゃうもんな。

うちのみんなが嬉々としてシーサーペントを狩っているのだって、ほぼ肉のためだろうしね。

そんなわけで、俺はスイが回収してどんどん積み上がっていくシーサーペントのドロップ品の保管係に専念することになったのだった。

◇　◇　◇　◇　◇

『ふむ、シーサーペントの海域を抜けたようだな』

『チッ、もうか？　しゃあねぇな～』

『ドラよ、十分じゃろうが』

『いっぱい獲ったね～』

「フゥ、やっとかよ。しかし、こんなにSランクの魔物がうじゃうじゃ出てくるとはねぇ」

『まぁ、ダンジョンだからのう』

ゴン爺曰く、ダンジョンの中ではそういうこともあるらしい。

そんな風に俺たちが話している一方で……。

「おい、やったぞ！」

「ああ。あのシーサーペントを倒したんだ！　俺たちは！」

「しかも5匹もじゃ！　Sランクの魔物をのう！」

「まだまだ、私たちは冒険者としてイケる！」

完全に自信を取り戻した様子の〝箱舟〟の面々が盛り上がっていた。

みなさん元々Aランクの冒険者で実力は折り紙付きだからね。

ただ、うちのみんなの戦いを見て、ちょっぴり自信を無くしていただけでさ。

まぁ、うちのみんなはデタラメに強いから比べちゃうことからして間違いなんだけど。

とにかくだ、〝箱舟〟のみなさんの気力が戻って良かった。

「なぁ、とりあえず今日はこの辺で探索終了ってことにしようぜ」

『そうするか。シーサーペントも食いたいしな』

「ってちょい待ち。〝箱舟〟のみなさんと狩ったんだから、きちんと分けてからじゃないとダメだよ。うちにばっかり肉が来るとは限らないんだから」

『なぬ!? 肉は我らだろう! 肉はやらんぞ!』

『儂らは皮や骨や魔石などいらんからなぁ。己の血肉になり、なおかつ美味(うま)い肉の方がよっぽどいいわい』

『そうだそうだ! 肉はよこせ!』

『お肉ー!』

他の冒険者が聞いたら確実に血涙を流しそうなセリフを垂れ流す食いしん坊カルテット。

というか、フェルとゴン爺は声に出していたから、〝箱舟(アーク)〟の面々がバッチリ聞いていたようで苦笑いしているよ。

「分かったから、ちょっと交渉するから待ってなさい」

そう言って、苦笑いする〝箱舟(アーク)〟の面々の方へ体を向けた。

「うちのが言いたい放題ですみません。うちは肉が一番なもので……」

ホント、困ったもんです。

美味い肉は絶対に逃さないからね、うちの食いしん坊たちは。

「いや、ここしばらく一緒にいたら分かるし」

「ムコーダさんの従魔たち、美味いもんに目がないもんなぁ」

「皮や骨や魔石がいらんとはなぁ。儂ら冒険者は、肉よりも欲しい素材なんだがのう」

シーグヴァルドさんのその言葉に、ガウディーノさんとギディオンさんが頷(うなず)いていると、１人だけ意見の違う者が。

「私は肉が欲しい。シーサーペントは一度食べてみたかった」

食いしん坊エルフことフェオドラさんだ。

しかし、ガウディーノさん、ギディオンさん、シーグヴァルドさんは、「なに言ってるんだコイツは」とでも言うような目で見ていた。

「おいおい、フェオドラ。肉を手に入れてどうするっていうんだ」

「そうだぞ。肉なんて手に入れたってどうにもならんだろう」

「そうじゃぞ。結局売る以外にどうしようもないわい」

ため息を吐きつつなお三方の突っ込み。

というか、普通に料理して食えばいいんでないの？

「食べればいい。というか、私は食べたいの」

何故か呆れるガウディーノさん、ギディオンさん、シーグヴァルドさんにそう主張するフェオドラさん。

「ハァ〜。いいか、肉が手に入っても食えないんだぞ。長い付き合いなんだから分かるだろ」

「リーダーの言うとおりだ。俺もリーダーもシーグヴァルドも料理なんてできないんだぜ」

「ついでに言うと、お主も料理はからっきしできないじゃろうが」

今更何を言っているんだという雰囲気でそう言いながらフェオドラさんを見るガウディーノさん、ギディオンさん、シーグヴァルドさん。

だが、フェオドラさんは、お三方の言葉にハッとしたように目を見開いた。

「それじゃあ、美味しく食べられない？」

「いやいやいや、お前ね……」

「なに今気付いたみたいな顔してんの？」

「長い付き合いで、このメンバーの中に1人も料理ができる奴(やつ)なんておらんの知っとるじゃろう」

そう言って、あまりにもなフェオドラさんを呆れ果てた目で見るガウディーノさん、ギディオンさん、シーグヴァルドさんだった。

そんな〝箱舟(アーク)〟の面々を笑いをこらえながら見ていた俺は、シーサーペントを使った料理は作るので肉はこちらに全てもらえないかと提案。

〝箱舟(アーク)〟の面々は快く承諾してくれた。

特にフェオドラさんは何度も何度も頷いてたよ。

そんなわけで、肉全部が俺たちの取り分になった代わりに、〝箱舟(アーク)〟の面々には皮を3枚と牙付きの頭蓋骨を3つ、それから魔石6つを渡した。

最初、〝箱舟(アーク)〟の面々は皮2枚に頭蓋骨2つ、魔石を1つ希望していたんだけど、シーサーペントを5匹も討伐しておいて、それではあまりに少な過ぎると話して、皮2枚に頭蓋骨3つ、魔石5つということになったんだけど、それでも俺たちばかり希望のものをもらってうんたらかんたらと交渉して、皮3枚に頭蓋骨3つ、魔石6つに増やすことに成功した。

まぁ、押し付けるともいうけどね～。

だって、うちは肉ならいくらあっても困らないけど、皮や頭蓋骨や魔石があっても結局冒険者ギルドに売って金にするしかないし。

皮はランベルトさんへのお土産になるかもしれないけど、ホントにそれくらい。

今のところは、お陰様で金には困ってないから単に手間がかかるだけなんだよね。

そうは言っても、まだまだ皮も頭蓋骨も魔石もあるから、その手間はいつかはかけなきゃならないけど。

他のドロップ品もあるし、カレーリナに帰ったら、面倒くさいドロップ品整理をしなきゃならんと思うと先が思いやられるな。

そんなことを考えていると……。

『よし、肉は我らの物に決まったようだな』

『早く食おうぜ！』

『シーサーペントは久しぶりじゃ。楽しみじゃのう』

『お肉、お肉、お肉～♪』

「シーサーペント、楽しみ！」

食いしん坊カルテット&食いしん坊エルフの期待とともに、今夜の寝床となる島へと向かう俺たち一行だった。

◇　◇　◇　◇　◇

島に到着した途端に、食いしん坊カルテットが『シーサーペントを早く食わせろ』とうるさい。

「もう、こっちだってどんな料理にしようかっていろいろ考えてるんだから、急かさないでよ」

『なに言ってんだよ。シーサーペントといやあ、断然あれだろ！』

『うむ。あれだ』

フェルとドラちゃんが目を合わせてニンマリしている。

それを見て、ゴン爺は不思議そうに『あれとはなんじゃ？』とフェルとドラちゃんに聞いている。

それに元気よく答えたのはスイだ。

『から揚げー！』

『うむ。シーサーペントのから揚げは美味い』

『そうだ。めっちゃ美味いんだぞ！』

フェルもドラちゃんもスイも、海の街ベルレアンで食ったシーサーペントのから揚げの味をしっかりと覚えているようだ。

『ほ～、みなが美味いというのじゃから期待が高まるのう。実に楽しみじゃ』

そう言ってゴン爺もニッコリしている。

確かにシーサーペントのから揚げは美味いよ。

でもさ……。

「から揚げって、昨日もから揚げだったじゃん。さすがに続けては飽きるだろ」

昨日はコカトリスのから揚げだったけどもさ。

『飽きぬ。から揚げなら毎日でもいいくらいだ』

『うんうん。から揚げ、美味いからなぁ～』

『スイも毎日から揚げでもいいよ～』

「いやいや、毎日から揚げて。さすがに嫌だぞ俺は」

毎日から揚げウェルカムなから揚げ大好きフェル、ドラちゃん、スイの返しに苦笑いの俺。

『肉が違えば味わいも変わるじゃろう。これだけみなが美味いというシーサーペントのから揚げは儂もぜひとも食いたいのう。主殿、頼むぞい』

真顔になったゴン爺に、そのゴツイ前足で肩をつかまれそんなことを言われる。

どんだけ必死なんだよ、ゴン爺。

というか……。

「ちょちょっ、痛っ、痛いから！　力入れ過ぎだからっ！」

『おっと、ついつい力が入ってしもうた。で、主殿、作ってくれるのじゃろうか？』

「分かりました！　作ればいいんでしょ」

ゴン爺の圧に負けて、昨日に続いてまたから揚げを作ることになった俺だった。

◇◇◇◇◇

アイテムボックスから魔道コンロを取り出して準備に取り掛かる。

から揚げは、いつもの醤油ベースと塩ベースの定番は当然作るとして、昨日に続いてのから揚げなので他の味付けでも作ろうと思っている。

フェルたちは飽きないって言っているけど、〝箱舟〟の面々もいるし。

なにより俺が飽きちゃっているしさ。

連日同じメニューで同じ味じゃあね。

ということで、定番の他にカレー風味と柚子胡椒風味、味噌味のから揚げも作っていこうと思う。

まずは、〝箱舟〟の面々に見つからないように魔道コンロの陰に隠れてこっそりとネットスーパーを開いた。

材料のうち、手持ちになかったカレー粉と柚子胡椒をパパッと購入。

あとはどんどんとから揚げの仕込みをしていくだけだ。

まずはシーサーペントの肉を適当な大きさに切り分けていく。

そうしたら、まずは定番のものから。

いつも通りの定番の醤油ベースのタレと塩ベースのタレを作って、特大のビニール袋を使って肉を漬け込んでいく。

カレー風味のから揚げは、下味でカレー味を付けるというよりは、醤油ベースのタレに漬け込んだ肉を、カレー粉を混ぜた衣で揚げるだけなので、醤油ベースのたれに漬け込む肉を多めに仕込む。

ただし、味はちょい薄めでね。

柚子胡椒風味のから揚げは、柚子胡椒、鶏(とり)がらスープの素(もと)、酒、おろしニンニク、おろしショウガを混ぜたタレに漬け込む。

味噌味のから揚げは、味噌、酒、みりん、醤油、おろしニンニク、おろしショウガを混ぜたタレに漬け込む。

もちろんどちらも醤油ベースと塩ベースの定番と同じく特大のビニール袋を使って大量に漬け込んだ。

特大のビニール袋を何枚使ったことか。

おかげで在庫が無くなったよ。

後で補充しとかないと。

それはいいとして、シーサーペントの肉をそれぞれのタレに漬け込んだら、味が染み込むまでしばし待つ。

…………おい。

「な、なにかな?」

魔道コンロの周りを取り囲んでいるフェル、ゴン爺、ドラちゃん、スイの食いしん坊カルテットと食いしん坊エルフことフェオドラさん。

『まだなのか?』

『早く食いたいのう』

『腹減ったぜ』

『お腹減ったー』

「……（ワクワク）」

「ハァ、料理には手順ってものがあるの。から揚げは、肉に味が染み込むまで少し時間がかかるんだから待ってなさいって。そうじゃないと美味しいから揚げが食えないぞ」

も～、せっかちなんだから。

そんな目で見られたって早くできるわけじゃないんだぞ。

だいたいそんな飢えてギラギラした目で見られたらプレッシャーでしかないんだが。

食いしん坊カルテット&食いしん坊エルフに囲まれながらも、やることは揚げ油と衣の用意くらいだ。

カレー風味のから揚げの衣にはカレー粉を混ぜておくことも忘れない。

食いしん坊カルテット&食いしん坊エルフのプレッシャーにさらされることしばし。

よし、もうそろそろいいかな。

特大ビニール袋で漬け込んでいたシーサーペントの肉に衣をつけて揚げ始めると、辛抱たまらんと言うかのようににじり寄ってくる食いしん坊カルテット&食いしん坊エルフ。

空きっ腹に染みるいい香りが漂ってくると……。

涎を垂らしながら、こんがりと揚がったから揚げを凝視する面々。

そんな様子に苦笑いしながらも、俺は揚げたてのから揚げをみんなに出してやった。

「揚げたてで熱いから気を付けろよ」

熱さよりも食い気が勝る食いしん坊カルテット&食いしん坊エルフは、嬉々として食っている。

『うむ、美味い！』

『ほ～、これは美味いのう。絶品じゃわい！』

『いつもと違う味のがあるな。これも美味いじゃんか！』

『美味しい～』

「……ハフハフ（バクバク）」

待ちに待ったシーサーペントのから揚げを頬張るみんなは満面の笑みだ。

食いしん坊カルテットの中に違和感なく食いしん坊エルフがいるのがなんとも言えないけど。

「ガウディーノさんたちもどうぞ」

「お、すまんな。というか、うちのフェオドラが毎度毎度迷惑かける」

「ありがとうな、ムコーダさん。ったく、フェオドラの奴は」

「いただこう。美味いもの好きのエルフの中でも、フェオドラは別格じゃからな。ホント、すまんのう」

食いしん坊カルテットと一緒になって、両手にフォークを持ちバクバクから揚げを食うフェオドラさんの姿に苦笑いのガウディーノさん、ギディオンさん、シーグヴァルドさん。

「フェオドラさん、シーサーペント楽しみにしていたようですからね。それより、うちのみんながせん」

『シーサーペントを食うならから揚げだ』とか言って昨日と同じくから揚げになっちゃってすみません」

「いやいや、この〝から揚げ〟っていう油で揚げた料理は、美味いからまったく問題ない」

「うんうん。すっげぇ美味いもんな、これ」

「うむ。酒との相性も抜群なのが最高じゃわい」

そんなこと言ったってさすがに今日は酒はなしですからね、シーグヴァルドさん。

『おい、おかわりだ！　いつもの味を多めに頼むぞ』

『儂もじゃ。儂は、このピリッとするのを多めにお願いしたいのう』

『俺は、こっちのいつもと違う味のを多め！』

『うーんと、スイはね～、全部いっぱーい！』

「はいよ」

俺はどんどんどんどん揚げていく。

から揚げを揚げながら、ちょいちょいつまんでいきながら。

柚子胡椒風味と味噌味のから揚げがめちゃ美味だな。

カレー風味も美味いけど、もうちょっとカレー粉が多くても良かったかも。

「シーサーペント、初めて食ったが美味いな」

「そりゃあそうだろう。しかも、ムコーダさんが料理してくれてるんだぜ。マズいわけがない」

「だのう。しかし、このピリッとしたのが絶品じゃのう。これで酒があれば最高なんじゃが」

「おいおい、ダンジョンの中なんだからあんま無理言うなよ」

「そうだぞ、シーグヴァルド」

そんな会話をしながらこちらをチラチラ見てくるガウディーノさん、ギディオンさん、シーグヴァルドさん。

柚子胡椒風味のから揚げ美味いですよね。

これにビールなんかあったらもう最高ですよね～。

でも、出さないですよ！

そんな期待したような目で見たってダメダメ。

明日もダンジョンの中を進むんですから。

というかさ……。

俺、ずーっとから揚げを揚げ続けているんだけど。

俺にも落ち着いて食わせろやー！

第六章 "アーク"ノメンメンガナカマニナリタソウニコチラヲミテイル。

「うっぷ」

胃の辺りがムカムカする。

「あー、俺だけでも違うもん食っとくんだった……」

胃の辺りを手で押さえながら小さくつぶやいた俺だった。

現在、野営地だった島を出て、俺たち一行は巨大スイに乗って大海原を進んでいた。

から揚げ連チャンだったというのに、俺以外はみんなケロッとしている。

食いしん坊カルテット&食いしん坊エルフなんて、朝からまた肉を食らっていたしね。

ドラちゃんが朝から『生姜焼きが食いたいな』とか言い出して、フェルとゴン爺とスイもそれに乗っかって『いいな』とか言い出したから、朝から生姜焼き丼を作ってやったよ。

しかも、ガッツリ食いたいとかでキャベツ無しで白飯と肉のみで。

朝から肉っていうのは、フェル、ゴン爺、ドラちゃん、スイの食いしん坊カルテットにとってはいつものことだけど、フェオドラさんまで匂いに釣られたのか、生姜焼き丼に熱い視線を送ってきてさ……。

だけど、さすがに揚げ物連チャンだったから一応体のためにも、朝食は俺用に作ってあるあっさりの方がいいのかなと思ったんだ。

でもだよ、フェルたちに生姜焼き丼を出してやったら、フェオドラさんが「私の分はないの？」って感じで悲しそうな顔で俺を見るんだぜ。

しょうがないからフェオドラさんにも生姜焼き丼を出してやったよ。

そしたら、めっちゃいい笑顔してるんだもん。

元々大食漢でなんでも食うエルフだから朝から肉も平気っぽかったけど、から揚げ連チャンからのこのガッツリ肉飯もいけるとはね……。

食いしん坊カルテットに負けず劣らずの鉄の胃袋の持ち主だよ、ホント。

そんなわけで、食いしん坊カルテット&食いしん坊エルフは、生姜焼き丼を朝から元気いっぱいモリモリ食い倒していたよ。

一方、ガウディーノさんとギディオンさんとシーグヴァルドさんは、俺の朝用あっさり洋食メニューを食っていた。

アルバン印の野菜をたっぷり使ったコンソメスープにスクランブルエッグ、アルバン印の野菜のピクルスにテレーザ特製天然酵母パンのトーストという実に美味(うま)いラインナップだ。

このお三方もあっさりメニューとはいえ、おかわりしてモリモリ食っていたから胃は丈夫な方なんだろう。

俺なんて、食欲なくてネットスーパーでこっそり買った野菜ジュースだけだったのに。

俺って神様の加護があるから、状態異常無効なはずなんだけどね～。

この胃のムカムカは、体からっていうより精神面からきてるのかな？

25歳過ぎてからは、体調を気にして、揚げ物連チャンなんてしたことなかったからなぁ。

それが立て続けにから揚げだったしね。

それから、柚子胡椒風味と味噌味のから揚げが美味かったからって、バクバク食い過ぎたのもいけなかった。

何事もほどほどが一番ってことだな。

晴天の下、コバルトブルーに輝く海面を見ながらそう思う俺だった。

「うっぷ」

シーサーペント戦から5日。

俺たち一行は、巨大スイに乗って順調に大海原を進んでいた。

「ここがダンジョンだってこと忘れそうだよなぁ……」

彼方に広がる海面を見て独り言ちる。

『あるじー、お魚ー』

そう言いながら、スイが触手でつかんだドロップ品の魚の白身を差し出してくる。

これを見ると、否応なくダンジョンなんだって思い出させられるけど。

「ありがとな」

ビッグニードルフィッシュというダツっぽい魚の身だ。
2、3日前からちょいちょい獲れるようになった。
ホイル焼きにしてみたところ、みんなにも好評だったので、こうしてスイに積極的に獲ってもらっている。

これまで、他にもクラーケンが2匹とアスピドケロン3匹と出くわしたが、フェル、ゴン爺、ドラちゃん、スイのいずれかにすぐさま狩られている。

まぁ、どっちも美味いもんね。

イカと高級白身がそこそこ獲れたので、カレーリナのみんなへのいいお土産になった。

今から庭で海鮮BBQなんてのもいいななんて思っていたりする。

フェオドラさんが、クラーケンとアスピドケロンが食事に出るのを期待しているっぽいけど、そこは気づかないふりで通してる。

これはお土産だからね。

死守だよ、死守。

そんな感じで、ちょいちょい魔物は出てくるものの、フェルたちのおかげで概ね平和に進んでいた。

この時までは……。

『ん、来たな』

『うむ』

『お～、なんかいっぱい来たな』

『カメー』

海面に浮かんだたくさんの甲羅がこちらに向かってきていた。

「あれはっ！」

「ゲッ、殺人亀じゃん」

「マーダーシータートルじゃのう」

「厄介だけど、あの甲羅、いいお金になる」

〝箱舟〟の面々は知っている魔物のようだ。

殺人亀って言っていたけど、甲羅だけで2メートルくらいありそうだし、凶悪そうな面してるわ。

あれだ、カミツキガメみたいな感じ。

「よし、やるぞ！　俺たちは前に討伐したことがある。落ち着いて対処すれば問題ない。ただ、噛みつきには注意しろ！」

「おうよ！　俺たちはシーサーペントをやったんだ。Bランクの殺人亀なんてどうってことないぜ！」

「うむ！　儂らなら問題ないじゃろう」

「甲羅。いっぱい甲羅取る」

て、え？

みなさん、ヤル気なの？

『しょうがない。あの数だ。我らもやるぞ』

『しょうがないのう』

『手伝ってやるか。ってか、あれって食えんのか？』

『カメ、やっつけるー！』

フェル、ゴン爺、ドラちゃん、スイもヤル気だ。

みんなのヤル気モードに押されて、俺も急いでミスリルの槍（やり）を取り出した。

「来るぞ！」

ガウディーノさんのその声とともにエンカウント。

フェル、ゴン爺、ドラちゃん、スイは危なげなく次々と凶暴なウミガメを屠（ほふ）っていく。

〝箱舟（アーク）〟の面々も抜群のチームワークで次々と撃破していった。

俺はというと……。

「来るなー、こっち来るなよー」

そう願いながら及び腰で、凶悪ウミガメたちの甲羅を見ていた。

しかし、俺の願いは届かず、凶悪ウミガメとバッチリ目が合ってしまった。

俺を捕えようと、スイに上ってこようとする凶悪ウミガメ。

「ギャー、来るなって言っただろう！」

ミスリルの槍を振るうが、凶悪ウミガメはそれを見越したように首を甲羅の中に引っ込める。

「クソッ」

その間もどんどんと距離を縮めてくる凶悪ウミガメ。

「クッソ、こっち来るな！」

俺は、狙いを頭から前足に変えて斬りつけた。

「グオッ」

凶悪ウミガメの前足から赤い血がどくどくと流れ落ちる。

だが、前足の傷だけでは致命傷とはいかず、逆に怒らせてしまったようだ。

激オコな凶悪ウミガメが俺に向かってきた。

「ちょっ、待て待て待てー！」

俺は遮二無二(しゃにむに)槍を振るった。

その槍がうまい具合に凶悪ウミガメに当たり、海へとドボン。

それを見た俺は、倒すより落とす作戦へと変更した。

落ちた奴(やつ)らはフェルたちか〝箱舟(アーク)〟の皆さんがなんとかしてくれる……はず！

俺は、俺に向かってきた凶悪ウミガメを無我夢中で海に落としていったのだった。

………………

…………

……

「ハァ、疲れた……」

『お主、倒してなかっただろう。なぜそれで疲れる』

「グッ」

フェルの鋭い突っ込みに唸る俺。

「しょ、しょうがないだろ！　海に突き落とすので精一杯だったんだから」

『ハァ～、お主というやつは……』

なにヤレヤレってな感じで首振ってるの？

俺は俺のできることをしたんだぞ。

『あるじー、これで最後だよ～』

「お、ありがとな。スイー」

出来上がった甲羅の山。

それを見て〝箱舟〟の面々は満足気だ。

この甲羅、いいお値段になるらしいもんね。

そして、もう一つの山。

甲羅ほどではないが、こちらも結構な量がある。

『あの亀の肉か。美味いのか？』

『あれは儂も食ったことがないからのう。フェルはどうじゃ？』

『我もさすがにあれは食ったことがない。だが、肉が出たということは食えるということじゃないのか』

『まぁ、そうなんじゃろうのう』

『このお肉、美味しいといいねー』

『ということで、こいつに任せておけば大丈夫だろう』

『そうだな。主殿、頼むぞい』

『うむ。美味く料理するのだぞ』

『あるじー、美味しくしてね～』

「おいおい……」

俺任せかよ。

ってか、これ、本当に食えるのか？

なんか、今までにない皮付きの肉塊で、ものすごくグロテスクなんだけど。

足なんか、そのまんまだぞ。

ま、まぁ、今すぐどうこうする必要もないし、保留だな、保留。

わざわざこれ食わなくても、食える肉はアイテムボックスにいっぱいあるしさ。

そんなことを考えながら、引き攣った顔でグロい肉塊をアイテムボックスにぶち込む俺だった。

◇◇◇◇◇

今晩の寝床になる島に上陸した俺たち。

俺は、夕飯の支度をしないといけないわけだが、非常に困ったことになっている。

フェルたち食いしん坊カルテットが、凶悪ウミガメを食ってみたいと言い出してさ。どう食っていいか分からんし、「今じゃなくてもいいだろ」って言ったんだけど『大丈夫。お前ならなんとかなるだろう』なんて押し通されちゃって……。

「ホント、どうすんだよコレ……」

皮付きのグロい肉塊を前に、俺は途方に暮れているというわけだ。

しかし、このままではどうしようもない。

味を確かめなければ、前に進まないな。

キモイと思いながらも皮を剝いで、肉を切り取る。

そして、塩胡椒を軽く振ってフライパンで焼いてみた。

焼けた凶悪ウミガメの肉を箸でつまんで目の前に。

「大丈夫だ。ダンジョン産のスッポンだって食ったじゃないか。それと似たようなもんだ」

自分自身に言い聞かせるようにそう言った。

「よし、俺も男だ。いくぞっ」

勢いで凶悪ウミガメの肉を口の中へと放り込んだ。

恐る恐る噛みしめながら味わうと……。

牛肉っぽくもあるし、豚肉っぽくもあるし、鶏肉（とりにく）っぽくもある。

ちょっとずつそれっぽいところがありながらも、どれに似ているかと言われると、うーむ……。

そうだ、感じで言うと、この肉はちょっと独特の臭みもあるし、羊肉っていうのが一番似ているかもしれない。

同じカメの魔物でも、スッポンことビッグバイトタートルの肉とは大違いだなこりゃ。

この肉だと、ハーブソルトをまぶして焼いたらどうだろう。

それなら臭みも気にならないと思うんだ。

いろんな街でちょこちょこ集めてたから、いろいろと種類もあるし。

というわけで、さっき皮を剝いだ肉を骨付きのまま適当に切り分けて、ハーブソルトをまぶしていく。

使ったハーブソルトは、少し前に手に入れた、香りは強めだが爽やかな風味のハーブソルトだ。

フライパンにオリーブオイルをひいて熱したら、そこにハーブソルトをまぶした凶悪ウミガメの肉を焼いていく。

「うん、香りはいいな。問題は味だけど……」

焼けた肉を試食してみる。

爽やかなハーブの香りが鼻を抜け、肉の旨味(うまみ)もしっかり感じられる料理に仕上がっている。

気になっていた臭みも一切ない。

「これならイケるな」

俺は、凶悪ウミガメのハーブソルト焼きを量産していった。

グロい肉塊の皮剝ぎには手こずったけどね。

『うむ。悪くないが、カメの肉ならば、あの鍋にした方が上だな』

凶悪ウミガメのハーブソルト焼きをバリバリと骨ごと嚙み砕きながら、フェルがそう言った。

『確かに。これも悪くはないが、あの鍋にしたカメの肉に比べると味は落ちるかのう』

フェルの言葉にゴン爺も同意しながらそんなことを言う。

『あの鍋のカメ肉と比べたらダメだろう。あれは美味過ぎだもん。あー、思い出したら食いたくなってきた』

凶悪ウミガメの肉を食いながらもそんなことを言うドラちゃん。

『あるじー、これも美味しいよー。お鍋にしたカメのお肉の方がもーっと美味しいけどー』

スイまでそんなこと言っている。

ぐぬぬぬぬ……。

「もー、食いたいって言ったのお前らじゃないかぁー！　あのグロい肉塊から皮を剝ぐの大変だったんだぞ！」

確かに味はスッポンの方が格段に美味いよ。

それは俺も認める。

でもさぁ、それを言っちゃあお終(しま)いだろうが。

お前たちが食いたいっていうから、俺はあのグロい肉塊と格闘したんだぞ！

あの足がそのまんまの肉塊とか、皮付きの腹の辺りだろう肉塊とか。

我慢して皮を剝いで料理したっていうのに、お前らときたら。

『い、いやな、美味いのは美味いぞ』

『そ、そうじゃ。ハーブの香りが肉とよく合っているのじゃ』

『あ、ああ。これも悪くない、悪くないぞ』

『あるじー、えっとねー、美味しいよー？』

俺がプンプン怒っていると、さすがにマズいと思ったのか、焦った感じでフェル、ゴン爺、ドラちゃん、スイがそんなことを言ってくる。

というか、スイちゃん、なんで疑問形なのよ。

ハァ……、もういいよ。

「お前らが食いたいって言ったんだから、残さずに食えよな」

そう言ったら、食いしん坊カルテットは『当然だ』と言いながらバクバク食っていった。

いろいろ言ってはいるけど、不味(まず)いわけではないってことなんだろう。

まったく、うちのみんなは良い肉ばっかり食ってるから舌が肥えていかんね。

肉はいろいろストックはしてあるものの、それが何かの拍子に無くなった時のことを考えると恐ろしいわ。

そんなことを考えながら凶悪ウミガメのハーブソルト焼きを食っていると、〝箱舟(アーク)〟の面々の会話が耳に入ってきた。

「最初は、マーダーシータートルの肉って食えるのか？って思ってたんだが……」

「俺も」

「儂もじゃ」

「私も」

まぁ、あのグロい肉塊見たらそう思うよね。

「フェル様たちは、前に食ったビッグバイトタートルより一段劣るようにおっしゃられてたが、これ、十分美味いよな」

「ああ。全然いけるぞ。ってか王都の高級レストランより確実に美味いっしょ」

「前の鍋とやらにしたビッグバイトタートルも美味かったが、こちらも美味い。特にこれは酒に合いそうな肉じゃから、それだけで儂にとってはご馳走じゃ。エールと一緒に腹が破裂する寸前まで存分に食らいたいくらいじゃわい」

「とっても美味しい。いくらでも食べられる」

おお、絶賛の嵐じゃん。

皆さん、ありがとう～。

苦労して作った甲斐があるってもんだよ。

「しかし、これで文句というか、一言あるとはのう」

「ムコーダさんとこは、良いもの食ってるからなぁ」

「それに比べていつもの俺たちの食事ときたら……」

「思い出させんなよ、リーダー」

「ダンジョンの中では本当に最悪」

「ダンジョンの外でもこんな美味いもんは食えんわい」

そう言い合いながら、凶悪ウミガメのハーブソルト焼きをしっかりと味わうように噛みしめている〝箱舟(アーク)〟の面々。

そして……。

「なぁ、思ったんだけどさ、俺たち、こんな美味いもんばっかり食ってて、元の生活に戻れんのかな……」

ギディオンさんが不意に言った一言。

〝箱舟(アーク)〟の面々が一斉に俺を見た。

〝箱舟(アーク)〟ノメンメンガナカマニナリタソウニコチラヲミテイル。

ナカマニシマスカ?

↓YES　NO
一瞬そんなことが頭に浮かんだ。

額から汗が垂れる。

アカン。

これは目を合わせたらアカンやつだ。

必死に気付かないふりをしながら、黙々と凶悪ウミガメのハーブソルト焼きを食い進める俺。

ってかさ、そんなん知らないよ！

このダンジョンだけって思ったから食事こっち持ちって約束したんだし。

だからこのダンジョンの中では食事を提供するけど、その先のことは知らないからね。

俺は食いしん坊カルテットで手一杯なんだから、アナタたちのこの先の食事の面倒まで見切れないからねー！

第七章 リヴァイアサンVSエンシェントドラゴン

「なぁ、このダンジョンってまだ続くのか？」

『それは、下へという意味か？』

「それもだけど、この階層もさ」

このダンジョンに潜って20日近く経(た)つ。

いい加減に地上に戻りたいというのもあるし、最近、とあることからちょっぴり危機感も持ってるんだよ。

あの、〝箱舟(アーク)〟の面々の一件以来ね……。

〝箱舟(アーク)〟の面々は良い人たちだし嫌いじゃあないけど、この先も一緒にいたいかと言われるとねぇ。

正直なところ、面倒が増えるのはごめん被(こうむ)るよ。

食いしん坊カルテットで手一杯なんだから。

てなわけで、ダンジョンから出たら、近場のロンカイネンの街に戻ってそこで早々に解散ってことにしたいんだよなぁ。

『主殿、下へという意味なら、それはなさそうだわい』

『うむ。この階層で終わりだろう』

ゴン爺(じい)とフェルが言うなら間違いなさそうだな。

『えー、ここのダンジョンってこの階層で終わりなのかよ？　ここ、面白いのになぁ～』

『もっと続けばいいのに～』

俺たちの話を聞いていた、ドラちゃんとスイが残念そうにそんなことを言った。

「こればっかりはしょうがないよ」

そう言いながら、俺としてはホッとした。

しかしこのダンジョン、ここまで来ておいてなんだけど普通の感覚からいったらとんでもない鬼畜仕様のダンジョンなんだろうな～。

1階層の湿地帯に2階層の海と、どちらもとてつもなく広いんだから。

俺たちがここまで来られたのも、フェルやゴン爺、ドラちゃん、スイがいてくれたからだよね。

そもそもこんな海の階層、普通なら船、それも外洋船がなかったら進むことなんてできないしさ。

それはそうと……。

「下にはないっていうのは分かったけど、この階層っていうか海はまだ続くのか？」

『ククククク、もうすぐだ。もうすぐ』

『クハハハハハ、そうじゃのう。儂(わし)も少しは楽しめそうじゃ』

ちょっと、なにその笑い。

めちゃくちゃ好戦的に聞こえるんだけど！

不安になるからヤメテくれ～。

フェルとゴン爺から、このダンジョンはこの階層で終わりだと教えてもらってから3日。

俺たち一行は、昨日からずっと巨大スイの上で過ごしていた。

フェルとゴン爺曰く『ここから先に島はない。最後以外はな』とのことだ。

その最後の島とやらに、階層主というかこのダンジョンのラスボスがいるらしい。

俺やドラちゃんやスイが「どんなのがいるんだ？」って聞いても、フェルもゴン爺も『見てからのお楽しみだ』なんて怪しい笑みを浮かべるだけで教えてくれなかった。

ますます不安だ。

それにだ……。

「スイ、ずっと休みなしだけど、大丈夫か？」

『だーいじょうぶだよ～。スイ、元気ー！』

「そうか。でも、疲れたら言うんだぞ」

『ハァーイ』

島がないから休む場所もないわけでしょうがないけど、スイにばかり負担をかけて心苦しい。

食事やおやつの時は、作り手の強権発動で「スイは休みなしなんだぞ！」って言って、スイには余計に出してはいるけど。

スイはたくさんもらえたって『スイだけ特別ー』って言って喜んではいるけど、それでもね……。

それにだ、スイの上だから調理もままならずアイテムボックスにあるストックを放出してる状態だし。

「ごめんな。スイだけ働かせているみたいで。もうちょっとだけがんばってな」

『うーん』

「お家に帰ったらスイの好きなものなんでも作ってやるからな」

『ホントォー、ヤァッター――！』

そう言ってブルブル揺れるスイ。

「コ、コラコラッ、みんなが乗ってるんだから揺れるなっ」

『ゴメンなさぁい』

そう言った後に、スイはご機嫌で『から揚げにしようかな～♪　それとも、ハンバーグがいいかな～♪』と調子っぱずれに歌っていた。

『おい、スイだけズルいのではないか』

ムスッとした顔のフェルがそう言った。

「黙らっしゃい！」

俺はフェルにピシャリと返した。

「いいか、スイはな、ずーっと休みなしで俺たちを乗せて進んでるんだぞ。それを見てなんとも思わないのか？」

『いや、それは……』

「だいたいな、ここまでこられたのだってスイのおかげだろ」

『まぁ、そうとも言う』

「それなのにお前ときたら…………」

あまりにもなフェルの態度に説教を食らわしていると、外野の声が聞こえてきた。

『うへぇ、文句言わなくて良かった～』

『ドラよ、余計な口は出さない方が利口なんじゃぞ。口は禍（わざわい）の元とも言う。そこに良い見本がいるじゃろう。フェルを見て学んだ方がいいのう』

『だなぁ』

説教食らわしてる俺が言うのもなんだけど、ゴン爺もドラちゃんもヒデェ。

まぁ、余計な口は出さない方がいいのは間違いないけどさ。

そしてこちらからも……。

「ムコーダさん、すごいな。フェンリル様にピシャリだぞ……」

「ああ。『黙らっしゃい！』だもんな。しかも説教してるし」

「世の中広しといえど、フェンリル様にあんな態度ができるのはムコーダさんしかおらんわい」

「すごい」

〝箱舟（アーク）〟の皆さん、コソコソ話してますけど、バッチリ耳に入ってますからね。

それにね、俺だって言う時は言うんですよ。

伊達（だて）に長く一緒に過ごしてきたわけじゃないんですから。

そんな時、巨大スイが大きく揺れた。

「うおっと」

咄嗟にバランスを取り、事なきを得た。

『波が強くなってきたな』

「そう言えば、天気も随分と変わったな」

いつの間にか常夏の青い空からどんよりとした空に変わっていた。

海もあれほど凪いでいたのに、今では波が出て、時折スイが揺れている。

『なぁ～、魔物は出ないのか？　今日はもうずーっと見てないぞ』

ドラちゃんがそう言う。

そう言われてみると……。

「見かけないいな。魔物」

あれほど出ていた魔物もとんと見ない。

『もうすぐだからのう』

『うむ。もうすぐだ。明日にはたどり着くだろう』

「たどり着くって、最後の島か」

そう聞くと、フェルとゴン爺が頷いた。

ということは、とうとうラスボスに遭遇するというわけか。

「で、ラスボスは何なんだ？」

フェルとゴン爺に改めて聞いてみたが、ニヤリと笑うだけだった。

も～、超気になるだろうがぁぁぁ。

「お、おいっ！　これ、いつまで続くんだっ？」

ゴゥゴゥと吹き荒れる風。

そして、叩(たた)きつけるように降りしきる雨と、荒れ狂う波。

俺たち一行は、暴風雨圏に身を置いていた。

最後の島に近づくにつれてどんどんと天気が崩れていって、終(しま)いにはこの暴風雨だ。

フェルとゴン爺、そしてゴン爺につかまったドラちゃんは平気な顔をしているし、スイはキャッキャと波乗りを楽しんでいるが、俺と〝箱舟(アーク)〟の面々は、巨大スイの上から振り落とされないようにするだけで精一杯だ。

『もうすぐだ！　もうすぐ接敵するぞ！』

『うむ！　すぐだのう！』

フェルとゴン爺のテンションが上がった声が聞こえた。

「もうすぐって、ラスボスに会う前に俺たち死にそうなんだけどーっ！」

この嵐の中、スイから落ちたら絶対にただじゃ済まないぞ。

「なんでもいいからどうにかしろよぉぉぉーっ」

『まったく、人というのはひ弱すぎるな。この雰囲気を楽しめばいいものを』

俺と〝箱舟(アーク)〟の面々を見て、ヤレヤレといった感じでそう言うフェル。

「なにが『楽しめばいいものを』だよー！　こんな暴風雨楽しめるかっ、ボケーッ！」

さすがの俺もキレてそう叫んだ。

『ボッ、ボケだと!?　結界を張ってやろうかと思ったが、張ってやらんからな！』

『落ち着くのじゃ、フェルよ。人は脆弱(ぜいじゃく)なんじゃ。儂らが守ってやらねばならんじゃろうて。特に主殿はのう』

『そ、それはそうだがっ、ボケは言い過ぎだろう！』

『まぁまぁ』

そう言ってフェルの肩を叩くゴン爺。

『なんにしろ主殿には無事でいてもらわないと困るじゃろう。いいのか？　あれの肉を最高に美味(うま)い料理にしてもらわなくて』

『クッ、それがあったか』

『儂もあれの肉を食うのは久々じゃ。フェルもそうじゃろう？』

『うむ』

『あれだけの肉じゃ。最高の料理で食ってみたいじゃろうが』

『確かに。ハァ。業腹だが、結界を張ってやる。ゴン爺も協力しろ』

『うむ。儂とフェルの結界ならば、彼奴(あやつ)がいくら暴れようともビクともしないじゃろうて』

そうして、フェルとゴン爺が結界を張った。

荒れ狂う海に浮かぶ巨大スイの上にいる以上揺れだけはどうしようもなかったが、フェルとゴン爺の結界で暴風と豪雨からは逃れることができた。

ここでようやく一息つけた俺と〝箱舟(アーク)〟の面々。

「あ〜、助かった……」

「生きた心地がしなかった」

「死ぬかと思ったぜ……」

「うむ。こんなひどい嵐は初めてじゃ」

「死んだ最初の旦那の顔が見えた……」

しかし、俺たちに休む暇はなかった。

『ねぇねぇあるじー、なんか大きいのが出てきたよー』

『うっひょー！　デケェな！』

『ようやくか』

『お出ましのようじゃのう』

みんなの声を聞き、顔を上げて前を見ると……。

あまりのことに声も出ず、ポカンと口を開けて見上げることしかできなかった。

俺たちの前に姿を現したそれは、細長く巨大な体で島を守るようにグルリと囲み頭をもたげてこちらを睨みつけていた。

『リヴァイアサンだ』

『海の帝王とも言われているのう』

『ドラとスイは手を出すなよ。お主らでは、まだあれには敵うまい』

『チッ、悔しいけどな』

『え～、スイもビュッビュッてして戦いたいのにー』

『スイー、わがまま言うなって。癪だけど、俺やお前じゃあまだアレには勝てないんだよ。自分の今の力を知るってことも大切なんだぜ』

『ブー』

い、いやいやいやいやいやいや、スイちゃん、あれに戦いを挑もうとしちゃダメでしょ！

なんなのアレ！

絶対にサイズ感おかしいって！

島をグルッと囲んでるって、島自体そんな小さくないからね！

ドラちゃんもおかしいからね！

悔しそうに『癪だけど、俺やお前じゃあまだアレには勝てないんだよ』って言ってるけど、勝てるならアレに挑むのかよ!?

そして、スイやドラちゃんよりもおかしいのは、フェルとゴン爺だよ！

なんでアレを見てギラギラした目で笑ってるのさ!?

みんな、おかしいって！

『それでは、行くか。スイよ、あれにもっと近づけ』

『ハーイ！』

そのやり取りでハッと我に返る俺。

「スイ、ストッーーープ！！　ダメダメダメッ、絶対にダメだ！　何俺たちを巻き込んで、アレに近づこうとしてんだよ！　俺たちを殺す気か!?」

『殺す気って、何を言っている。お主らには我とゴン爺で結界を張ってやっただろうが。死ぬことは万が一にもないわ！』

「攻撃はそれで防げるかもしれないけど、精神的なダメージがデカすぎるんだよ！　あんなの近くに行ったら心臓が縮み上がるだろが！ってか怖すぎて心臓が止まるわ！」

今だって心臓バクバクしてんだぞ！

これ以上近づいたら心臓が壊れるわ！

『なにを気弱なことを言っている！　これだからお主はっ』

「お主ってな、俺だけじゃないってば！　〝箱舟（アーク）〟のみなさんだって、ねぇ、ガウディーノさん……………、ギャーーッ！」

〝箱舟（アーク）〟の面々が紙のように真っ白な顔をして呆然（ぼうぜん）としていた。

まったく生気が感じられないんだけど、大丈夫か!?

「ガウディーノさんっ！　ギディオンさんっ！　シーグヴァルドさんっ！　フェオドラさんっ！」

俺は、〝箱舟(アーク)〟の面々の近くまで必死で這(は)っていって名前を呼びながら肩を揺すった。

しかし、誰一人としてうんともすんとも言わない。

まさか死んだのではと青くなる俺。

恐る恐る手を口の前に持っていくと……。

「息はしてる！　大丈夫、セーフだセーフ」

息はしているが、白い顔をしたまま微動だにしない〝箱舟(アーク)〟の面々。

これは……。

「目を開けたまま気絶してるのか!?」

『ハァ～、リヴァイアサンを目にしたくらいで気絶するとは情けないな』

呆(あき)れ口調でそう言うフェル。

「何が情けないだっ！　情けなくなんかない！　俺だって気絶したいくらいだよ！」

『主殿、フェル、取込み中悪いがのう、彼奴は待ってはくれんようじゃ』

リヴァイアサンの口が白く光っていた。

「ギャァァアッ、ブ、ブレスがぁぁぁっ」

『クッ、お主がうるさいことを言うからだっ』

俺のせいにするなよーっ！

『ここは儂が出るしかなさそうじゃのう。ドラゴンにはドラゴンをじゃ。ドラゴン種の最強は誰か教えてやらねばなるまいて』

そう言いながら巨大スイの上から飛び立つゴン爺。

『ズルいぞ、ゴン爺！』

『お主がまごまごしているからじゃろう。それに、儂もたまには主殿に良いところを見せねばのう。新参者じゃしな。フェルよ、そういうことじゃから、今回は譲れ』

『チッ、貸し一つだからな！』

暴風雨の中、天高く飛び立つゴン爺。

そして、上空で真の姿を現した。

リヴァイアサンにも引けを取らない超巨大な黒い竜、古竜（エンシェントドラゴン）。

正に伝説という言葉が相応（ふさわ）しい姿がそこにはあった。

『フン、小賢（こざか）しいわい』

ゴン爺は、今にもブレスを放とうとしていたリヴァイアサンに鋭いアッパーカットをぶちかました。

ブレスを放とうと口を開けていたリヴァイアサンの口が、牙と牙がぶつかる鈍い音を鳴らしながら閉じられる。

そして、その巨体が海面に打ち付けられるように背中からダイブ。

ザッパァァァァン――――。

その影響で大波が打ち寄せる。

「おわっ」

落とされまいと巨大スイにしがみついた。

『結界がある、海には落ちん』

フェルが、リヴァイアサンとゴン爺の戦いから目を逸らさないままそう言った。

『やるな～、ゴン爺！』

『ゴン爺ちゃん、強ーい！』

ドラちゃんとスイも観戦モードだ。

「あわわわわわわっ」

巨大怪獣が戦っている映画のようなシーンが目の前で繰り広げられ、俺はどうしていいのか分からずに焦りまくる。

「グガァァァァァァァァッ」

すぐさま体勢を立て直したリヴァイアサンが怒りの雄叫びを上げる。

『フン、お主は海の帝王かもしれぬが、儂は陸海空を問わずこの世界の帝王じゃわい』

そう言ってゴン爺は、鋭い爪の生えた前足でリヴァイアサンの頭と細長い胴体をガシッとつかむとその首元に噛みついた。

そして、力任せに肉を噛み千切る。

「グギャァァァァァァァァァァァッ」

怒りの叫びだったのが、今度は悲壮感漂う叫びに変わった。

リヴァイアサンは青い血を大量に流しながら、まさに皮一枚で頭がつながっている状態だった。

『美味い肉ではあるが、やはり生より調理した肉の方がいいのう』

濃い血の匂いが漂う中、呑気(のんき)に咀嚼音(そしゃくおん)を響かせながらそんなことをのたまうゴン爺。

『フン、我でも勝てるわ。あと何がこの世の帝王だ。我の方が強い！』

『ひょー！　さすがゴン爺！』

『ゴン爺ちゃんすごーい！』

フェル、ドラちゃん、スイが三者三様の感想を言い合う中、俺は現実逃避していた。

「ハハハ、これは夢、きっと夢なんだ………」

青い血なのに、匂いだけは俺たちの赤い血と一緒なんだなとか、そんな今はどうでもいいことが頭に浮かんだ。

トラウマになりそうな戦いを見せつけられて、気絶してしまった〝箱舟(アーク)〟の面々が心底羨ましいと思う俺だった。

ゴン爺とリヴァイアサンとの一戦は、見事ゴン爺の勝利。
リヴァイアサンは息絶えたわけだが……。
「……消えないな」
『だな』

『おかしいね～』

リヴァイアサンが死んだからなのか、暴風雨だったのが嘘のように空は晴れ渡り海は穏やかになっていた。

そんな中、ゴン爺ががっちりつかんでいるリヴァイアサンの屍はいつまで経ってもドロップ品に変わらない。

『おい、もしやあれ自体がそうなのではないか？』

「あれ自体って？」

『だからあれだ』

そう言うフェルの視線の先には超巨大なリヴァイアサンの屍。

「…………。あれ丸ごとってことか？　いやいやいや～、さすがにそれはないだろう」

ダンジョンではドロップ品だろ。

だいたいここに来るまで、魔物を倒したらドロップ品が出てきてたじゃんか。

『主殿、フェルの言うとおりかもしれんぞ。儂の若い頃だから、大分昔の話じゃが……』

ゴン爺の話では、ゴン爺が若い頃に退屈凌ぎで入ったダンジョンで同じことがあったそうなのだ。

それまでは、魔物を倒すとドロップ品で肉だのが出てきていたのが、最下層のラスボス（そのダンジョンでは、クジャタとかいう巨大な牛の魔物だったそうだ）を倒したらそのままの姿で残ったのだという。

『なぬ!?　クジャタだと！』

クジャタと聞いて何故かいきり立つフェル。

『どこのダンジョンだ!?』

フェルが目をクワッと開いてゴン爺に問い質す。

『はて、どこだったかのう。…………………………忘れたわい』

とぼけた答えにズッコケた。

ゴン爺、たっぷり溜めておいてそれかよ～。

『チッ、ボケたか爺』

『なっ、ボケとらんわい！』

『しかし、現に覚えておらんだろう。だから爺は困るのだ』

『だから忘れただけだと言っておろうが』

『どうだか』

フェルとゴン爺が言い合いながら睨み合っている。

「コラコラコラ、フェルもゴン爺も落ち着け！」

ついさっきまでリヴァイアサンVSエンシェントドラゴンなんていう巨大怪獣さながらの戦いを見せつけられたんだぞ。

俺はもうお腹いっぱいよ。

続けてフェンリルVSエンシェントドラゴン戦なんて見たくもないわっ。

『主殿、きっと此奴はクジャタが美味い肉だからこれほど突っかかってくるんじゃぞ』

「そんなことだろうと思ったよ」

そう言いながら俺はフェルをジト目で見る。

『あ、あの牛は美味いのだ。また食いたいと思って何が悪いっ』

開き直るなっての。

ま、それは置いておいて、再びゴン爺がつかんでいるリヴァイアサンに目を向ける。

「やっぱりドロップ品は出ないみたいだな」

これだけ俺たちが話している間も、リヴァイアサンの屍はそのままの状態で残っていた。

フェルとゴン爺が言うとおり、やっぱりこれがドロップ品替わりってことなのか。

そうなるとだ……。

「これ、持ち帰るのか？」

『当たり前だろう。リヴァイアサンの美味い肉を持ち帰らんでどうする』

『うむ。それにじゃ、これだけの大きさのリヴァイアサンはそうそうおらんわい。肉もたんと取れそうじゃ』

『俺、リヴァイアサンの肉はまだ食ったことねぇんだ。絶対に食うからな！』

『スイも食べたい～』

フェルとゴン爺、ドラちゃんとスイも当然のようにそんなこと言ってるけどさぁ、この大きさだぞ。

島を一周するほどの今までの魔物とは桁違いに巨大なリヴァイアサンを見やる。

「俺のアイテムボックスに入るかなぁ？」

一応勇者仕様というか召喚者仕様だから相当の大きさではあるみたいだけどさ。

「とりあえず試してみるから、ゴン爺、それこっち持ってきて」

『あい分かった』

バッサバッサと大きな翼をはためかせてゴン爺がこちらにやってきた。

「ゴン爺、リヴァイアサンの頭をこっちに向けて」

ウゲッ、グロい。

ゴン爺に手伝ってもらいながら、リヴァイアサンの皮一枚で繋（つな）がった頭をアイテムボックスへと突っ込んだ。

すると……。

『入ったな』

『入ったのう』

『よっしゃ！　これでリヴァイアサンの肉が食える！』

『ヤッター！』

あの巨体のリヴァイアサンがスルッと入っていったよ、スルッと。

自分のものながら、このアイテムボックスって実際どれだけ入るんだろうと空恐ろしくなったよ。

『よし、島に上陸するぞ！』

『おう！』

『じょうりく～』

さっさと島へと向かおうとするフェル、ドラちゃん、スイを「ちょっと待って！」と止める。

「あれに上陸するって、どうするんだよ？」

目の前にあるのは、ゴツゴツした岩が垂直に切り立った岸壁の島だ。

『登っていけばいいだろう』

さも当たり前のように言うフェル。

「登っていけばってね……。普通の人間が登れるかってての！」

あんなとこ登っていけるわけないだろ、まったく。

それにな……。

「話は〝箱舟(アーク)〟の皆さんを起こしてからだ！」

『そういえばいたな、其奴(そやつ)らも』

ちょっと、みなさんのことすっかり忘れてるじゃん。

絶賛気絶中の〝箱舟(アーク)〟の面々の肩を揺すりながら声をかけていく。

「ガウディーノさん！　ギディオンさん！　シーグヴァルドさん！　フェオドラさん！　起きてください！」

しかし、〝箱舟(アーク)〟の面々はうんともすんとも言わない。

「あれ、起きないな。失礼して……」

ペチペチとそれぞれの頬を叩いた。

そして、ようやく〝箱舟(アーク)〟の面々の目に光が戻る。

「はっ、俺はなにを…」

「な、なんかとてつもないものを見た気がするんだがっ」

「リ、リヴァイアサン、リヴァイアサンじゃぁぁ……」

「あわわわわわ」

気が付いたのはいいものの、顔面蒼白(そうはく)のまま焦る〝箱舟(アーク)〟の面々。

「皆さん、落ち着いてください！」

そう声を張り上げると、〝箱舟(アーク)〟の面々の視線が俺に向いた。

「もう、終わりましたから。大丈夫ですから」

俺がそう宣言すると、〝箱舟(アーク)〟の面々は半信半疑の顔に。

「終わった？」

「はい」

「あれを、か？」

「ええ。バッチリ倒しました」

「リ、リヴァイアサン、じゃぞ？」

「こっちはエンシェントドラゴンですから」

「ほ、本当に？」

「本当です」

そこでようやくホッとした顔を見せる〝箱舟〟の面々。

「ということで、島に上陸しましょう。あそこが最後らしいので、やっと地上に戻れますよ」

「戻れるのか……」

「ようやく……」

「死なんでよかったわい……」

「地上……」

「そうですよ、戻りましょう。そういうことだから、ゴン爺、みんなを乗せて島まで行ってもらえるか」

『承知したわい』

海面すれすれまで下降してきたゴン爺に、真っ先に飛び乗るフェル。

ドラちゃんは自分で飛んでいくようだ。

俺と〝箱舟〟の面々はゴン爺の太い後ろ足をよじ登って背中へ。

最後に……。

「みんな乗ったから、スイ、おいでー！」

『ハーイ』

元の大きさに戻ったスイがスルスルとゴン爺の体を登ってきた。

「ゴン爺、お願い」

『うむ』

ゴン爺の巨体が宙を舞い、一気に俺たちを島へと運んでいった。

草一本生えていないゴツゴツとした岩だらけの島の中央にぽっかりと口を開けた洞窟が見えた。

『あそこのようだな』

洞窟の前に着陸するゴン爺。

みんなが降りると、ゴン爺が小さくなった。

「それじゃあ、行くか」

俺たち一行は洞窟を進んだ。

進んだ先の小さなドーム状の部屋には……。

「宝箱だ」

ゴクリと喉が鳴る。

外装は木でできた質素な箱だが、かなり横に長く、今までの宝箱とはどこか違った。

「罠(わな)は？」

『知らん。面倒だ、我が開けてやろう』

そう言ってフェルが器用に前足で金具を外して宝箱を開けた。

プシュ――――ッ。

ドス黒い煙がフェルを包む。

「フェルッ!?」

『大丈夫だ。ただの毒煙だ』

「いやいやいやっ、ただの毒煙って、全然ただのじゃないだろーっ」

あわあわと焦っていると、『主殿、彼奴に毒は効かんじゃろう』とゴン爺。

次いで、『そうだぞ。加護があるから大丈夫だって。お前も俺もあるだろう』とドラちゃん。

ゴン爺とドラちゃんの言葉で冷静になる俺。

た、確かにそうか。

あのドス黒い煙を見て焦ったけど、フェルだもんな。

『あるじー、ピカピカがいっぱいあるよー』

スイは俺の焦りもなんのそので既にフェルの横で宝箱の中を覗(のぞ)いていた。

「大丈夫みたいなので、行きましょう」

そう言うと、引き攣(つ)った顔の〝箱舟(アーク)〟の面々が頷いた。

『大したものはないな』

『うむ。リヴァイアサンを倒した報酬にしてはしょぼいのう』

『こりゃあまた黄金ばっかで偏ってんなぁ～』

フェル、ゴン爺、ドラちゃんからはひどい言われよう。

まぁ、確かに黄金特化って感じの宝箱だけど。

金貨の他には黄金のブレスレットに黄金の指輪、黄金の冠に黄金のゴブレットなんかが所狭しとひしめき合っている。

そして、その黄金の中に埋まるように置かれているのは、二叉に分かれた特徴的な槍(やり)とボロい布切れ。

「ゴクリ……」

「すげぇ……」

「これだけの金を見たのは初めてじゃ……」

「黄金いっぱい……」

〝箱舟(アーク)〟の面々は宝箱の中を見て小刻みに震えていた。

「ええと、みんなで分けますか」

「何を言ってるんだムコーダさんっ！　これはリヴァイアサンを倒した報酬だろう。俺たちがもらう権利はないっ」

珍しく焦ったようにそう否定するガウディーノさん。

そして、その言葉に何度も頭を縦に振るギディオンさんとシーグヴァルドさんとフェオドラさん。

えー、そうなの？

でもぶっちゃけ金貨もいっぱいあるし、黄金の装飾品も買い取ってもらうしかないから、少し引き受けてくれるとありがたいんだけど。

そうだ、この槍とボロい布は……。

密(ひそ)かに鑑定をしてみる。

まずは槍だ。

【魔槍バイデント】

魔力を込めることで一撃必殺となる。ヒヒイロカネ製。

「ブーッ」

思わず噴いた。

え、え、え？

剣だけじゃないの？

槍もあるの!?

魔槍!?

『ほう魔槍か。久しぶりに見たな』

『魔槍とは。これだけはまぁまぁじゃのう。主殿が使うとよい』

フェルもゴン爺も余計なこと言って。

声に出したから〝箱舟〟の面々にも丸聞こえじゃないか。

ほら、〝箱舟〟の面々がポカンとしてるよ～。

「えーと、あの、ギディオンさん、使います？」

〝箱舟〟の槍使いのギディオンさんに流れでそう聞いてみると、真顔で「冗談でもそういうことを言うのはやめてください」と丁重に断られた。

冗談じゃないんだけどな。

俺みたいな「なんちゃって槍使い」じゃなく、こういうのはちゃんと使える人が持っていてこそだと思うんだけど。

まぁ、しょうがないか。

次はボロ布だ。


【マジックバッグ（大）】

麻袋（大）が１００個入る大きさのマジックバッグ。時間経過なし。


このボロ布、マジックバッグだったんだ。

よく見ると袋状になっている。

なるほど、肩ひもがないだけか。

別途肩ひもを付ければ十分使えそうだ。

俺にはアイテムボックスがあるし（リヴァイアサンを入れてもまだまだ余裕そうなのがな）、マジックバッグだっていくつも所有している。

これは、〝箱舟（アーク）〟の面々に譲ってもいいよね。

とりあえず、うちのみんなにも聞いておくか。

肉じゃないからどうでもいいって言いそうなんだけど。

『なぁみんな、これマジックバッグなんだけど、〝箱舟（アーク）〟の皆さんに譲ってもいいか？』

念話でそう聞いてみると、やはり反対はなかった。

フェルなんて興味なさそうに『自由にするといい』だってさ。

「これ、マジックバッグみたいなんで、お譲りします」

フェルたちにも許可を得たので、〝箱舟(アーク)〟の面々にそう提案する。

すると、4人ともに「そんな高価なものはもらえない」と引き攣った顔で固辞された。

うちは十分足りてるから特にいらないんだけどなぁ。

まぁ、この後は一旦ロンカイネンの街に戻る予定だし、その時にでもまた話してみよう。

とりあえず今は……。

宝箱があったドーム状の部屋を抜けると、その先にまたドーム状の部屋が。

そこの床には魔法陣が描かれていた。

俺、フェル、ゴン爺、ドラちゃん、スイ、そして〝箱舟(アーク)〟の4人が魔法陣の上に乗った。

「よし、地上に戻ろうか」

『なかなか面白いダンジョンだった。また、来てもいいかもしれんな』

「は？　何言ってんの、フェル。嫌だからね、もう絶対に来ないからなーっ……」

ギョッとするようなことを平然と言うフェルへの反論の俺の声は、光を伴った魔法陣の中へと消えていったのだった。

地上に出た俺たちに、太陽の光が燦々と降り注いだ。

「ク〜、ようやく戻ってきた！　天然の日光、最高！」

『お前は大袈裟だな』

「フェルは大袈裟って言うけどな、あの過酷なダンジョンを潜り抜けてきたんだぞ。そりゃあ浮かれもするわっ」

『はて、過酷だったかのう？』

『いや。めっちゃ楽しかったぜ！』

『楽しかったー！』

そりゃあお前たちは楽しかっただろうさ。

ダンジョンを満喫してたもんな。

でもな……。

「生きて、生きて帰ってこれた……」

「ああ。死ななくて良かった。本当に良かったな……」

「とんでもないダンジョンじゃったわい……」

「生きてるって素晴らしい」

ベテラン冒険者然とした〝箱舟〟の面々が、静かに涙を流して地上に戻ってきたことを喜んでいた。

その気持ち、分かるわぁ。

めちゃくちゃ分かる。

このダンジョン、人には過酷過ぎるんだよ。

俺たちは、フェル、ゴン爺、ドラちゃん、スイがいたからなんとかなったってだけだし。

これ普通の冒険者だったら、探索するのだってほぼ入り口付近だけしか無理だろ。

広すぎて1階の湿地帯を踏破するだけで途轍もない時間と労力がかかるぞ。

というか、下手に進んだら後にも引けなくなってヤバいことになる予感しかしない。

それでも運良く1階を踏破したとしてだ、2階がアレだぞ。

やっとの思いで1階を踏破して進んだ先があの海じゃあ、絶望を通り越して笑うしかないと思うよ。

なんにしろ、うちのカルテット級の仲間がいないと進むことすらままならないダンジョンだよ。

正に鬼畜ダンジョンとしか言いようがないね。

ま、それはさておき。

「ロンカイネンの街に戻りましょう」

俺のその言葉に大きく頷く〝箱舟〟の面々。

フェル、ゴン爺、ドラちゃん、スイは名残惜しそうにしていたけど、とっととこんな所とはおさらばしたいっていうのが正直なところだった。

そんなわけで、来た時と同じようにみんなで大きくなったゴン爺に乗り、一路帰還の途についたのだった。

◇◇◇◇◇

空の旅を終え、ゴン爺が、飛び立った時と同じロンカイネンの街の郊外に着地する。

みんな次々とゴン爺の背から飛び降りる。

行きの時とは違い、ギディオンさんと、シーグヴァルドさんも落ち着いていた。

ギディオンさん曰く「ダンジョンでは空を飛ぶよりも恐ろしいことの連続だったからな……」とのこと。

シーグヴァルドさんも「今更こんなことでは動じんわ」とのこと。

二人ともそう言ったときは遠い目をしていたよ。

「それじゃあ街へ戻りますか」

『なんでもいいが、まずは飯だ』

『うむ。腹が減ったのう』

『だな～』

『スイもお腹減ったー』

「もうそんな時間かー。借りてた家に戻って……って、ダンジョンに行く前に家は返しちゃったんだった。また借りるのも面倒だし……」

そもそも、ロンカイネンの街にもう用もないし。

『おい、それならここで飯にしたらどうだ？　食い終わったら、そのままカレーリナに帰ってもいいし。

「フェルの言う通り、それでもいいか。』

うん、そうしようか」

なんて俺たちの間ではまとまりかけていたのだが、横から突っ込みが。

「いやいやいや、ダメだよムコーダさん。まずは冒険者ギルドに寄ってダンジョンの報告しないと。

なぁ、リーダー」

「ああ。ギディオンの言う通りだろうな」

「ロンカイネンの管轄でもないし、国外のダンジョンなのにですか？」

「そうだ」

ガウディーノさんの話では、冒険者が未発見のダンジョンを発見した場合は冒険者ギルドへの報告が義務付けられているそうなのだ。

今回のダンジョンは小国群にあり、傭兵(ようへい)たちの間には知っているものもいるらしいことから、まったくの未発見のダンジョンとは言い難(がた)いが（恐らく冒険者ギルドでもその存在は把握しているだろうとのこと。ただ、小国群には傭兵ギルドというのがあってそちらの方が幅を利かせているために今まで手付かずになっていたのではないかというのがガウディーノさんの予想だ）、踏破をした以上は報告は免れないだろうとのことだった。

ガウディーノさんに話を聞いて、ガックリと肩を落とす。

ハァ、これはまたロンカイネンに家を借りないとダメかな……。

報告なんてしないで、このままカレーリナに帰りたい。

正直に言うと、踏破の報告って面倒なんだよね。

今までもドラン、エイヴリング、ブリクストと、俺たちが初踏破したダンジョンについては、いろいろと報告させてもらったけど、時間もかかるしいろいろと質問されるしで大変なんだよ。

質問されたことにも、思い出してできるだけ細かく答えないといけないし。

まぁ、それでも今まで踏破したダンジョンは、ダンジョン都市にあったからちゃんと報告はしていたけどさぁ。

今回は、ダンジョン都市にあるダンジョンでもないし、それこそ国外の誰も住んでいないような場所にあるダンジョンなんだよ。

そういう面倒なことはしなくても大丈夫だって思ってたのに……。

でも、踏破しちゃったんだからしょうがないのか。

…………あ。

踏破って、そういや俺たちだけが踏破したんじゃないよな。

〝箱舟（アーク）〟の面々も一緒に踏破したじゃないか。

「ガウディーノさん。えーっと、その報告って、俺がしないといけないものなんですか？」

「それはどういう意味だ？」

「いやですね、ダンジョンを踏破したっていうなら〝箱舟（アーク）〟のみなさんもだよなと思ってですね」

「ああ、そういうことなら俺たちも一応は踏破したってことになるだろうな」

「ですよね！　そこで、相談なんですが、ダンジョンの報告は〝箱舟〟のみなさんにお願いできないかと……」

俺がそう言うと、ガウディーノさんは少しの間思案する。

そして……。

「引き受けよう」

「本当ですか！　ありがとうございます！　そうだ、それならば……」

俺は預かっていたシーサーペントのドロップ品などを、例の宝箱から出たマジックバッグに詰めて渡した。

「中に預かっていたドロップ品を入れておきました。マジックバッグは、報告を引き受けてくださったことの報酬ですのでぜひ使ってください」

「いやいや、報告の報酬っていったってもらい過ぎだろ」

「いやいや、是非とも！」

「いやいやいや、ムコーダさん」

「いやいやいや、ガウディーノさん」

多少の押し問答はあったものの、なんとかガウディーノさんにマジックバッグを押し付けて、もとい貰ってもらうことができた。

「それじゃあ、また」

「ムコーダさん、世話になったな！」

「また美味い酒を飲ましてくれよ、ムコーダさん！」

「また美味しいご飯食べさせて」

ロンカイネンの街に向かう〝箱舟〟の面々が、俺に次々と声をかける。

「ええ。美味い酒も美味い飯もご用意しますよ！　みなさん、是非カレーリナへいらしてくださいね！」

そう言いながら手を振り、〝箱舟〟の面々と別れた。

『行ったか』

「ああ」

『よし、なら飯だ』

「も～、フェルはすぐそれなんだから！　ちょっとしんみりしてたってのに」

『腹が減っているんだからしょうがないだろっ』

『主殿、儂も腹が減ったのう』

『俺もー』

『スイもー！』

『ほれ、みんな腹が減っているのだ。早く用意しろ』

「ハイハイ、分かりましたよー！」

みんなに急かされて、アイテムボックスにあったステーキサンドの作り置きを出した。

そして、ステーキサンドを腹いっぱいに堪能した俺たち一行は、ようやくカレーリナへの帰路についたのだった。

Aランク冒険者パーティー〝箱舟〟がロンカイネンの冒険者ギルドに入ってきた。

ちょっとばかし名の通っている彼らを見て、周りにいた冒険者たちは道を空ける。

疲れた顔をした〝箱舟〟の面々は、そのまま受付窓口へと向かった。

「俺たちはAランクの〝箱舟〟だ。すまんが、ギルドマスターを呼んでくれないか」

リーダーであるガウディーノがそう言うと、彼らのことを把握していた受付嬢は「はい」とすぐさまギルドマスターを呼びに行ったのだった。

「話をしたとして、すんなり信じてもらえるかねぇ」

ギディオンがげんなりした表情でそうつぶやいた。

「信じようが信じまいが、そこは儂らが実際に見てきたことを話すしかないじゃろう」

いつもは豪快なシーグヴァルドが、疲れた表情でそう答える。

「シーグヴァルドの言うとおりだ。俺たちは、見て経験してきたことをそのまま話すだけだ。それに、あのムコーダさんたちが一緒だったんだ。少なくともそれだけで、信憑性も増すだろう」

今回のダンジョン探索で、一番心労が絶えなかったと言っても過言ではないガウディーノが静かにそう言った。

「私たちが知り合いなのは、冒険者ギルドも把握してるはず」

いつもギルドに来ると、併設する食事処に直行しようとするほどの、何よりも食い気が勝るフェオドラにも今は疲労の色が濃く現れていた。

〝箱舟〟の面々がそんなことを話しているうちに、ここロンカイネンの冒険者ギルドのギルドマスターであるオーソンがやって来た。

「これはこれは〝箱舟〟の皆さん、私に話があるとか」

「ああ」

「それではこちらへ」

ギルドマスターは〝箱舟〟の面々の表情を見て、個室へと案内したのだった。

◇◇◇◇◇

なんとも重い雰囲気の漂う室内。

テーブルを挟んで向かい合うように猫足の豪奢なイスに座るギルドマスターとガウディーノ、シーグヴァルド。

ギディオンとフェオドラは、ギルド職員が持ち込んだ木製の簡易イスに座っている。

職員が淹れた茶でそれぞれが口を潤し、少し落ち着いたところでギルドマスターが口を開いた。

「それで、話というのは?」

そう聞かれても、すぐには口を開かない〝箱舟〟の面々。

そんな中、ようやくリーダーのガウディーノが重い口を開いた。

「小国群にあるダンジョンを踏破してきた」

「…………ハァ？」

いきなりの突拍子もない宣言に、思わず腑抜けた声を出すギルドマスター。

「ギルドも小国群、この街から北西に行った国境沿いの荒野にダンジョンがあることだけは把握しているんじゃないのか？」

ガウディーノにそう言われて、必死に記憶を探るギルドマスター。

記憶をたどるうちに、ロンカイネンの冒険者ギルドのギルドマスターに就任したばかりのころに、そのような話をチラリと聞いたことを思い出した。

「聞いたことがありますね。しかし、そのダンジョンは場所が場所だけに、手付かずとなっていたはずですが……」

「そうだ。そこだ。そこを踏破した。証拠はこれだ」

ガウディーノがムコーダから譲り受けたマジックバッグから、フェオドラが自分のアイテムボックスから、ダンジョンのドロップ品の一部を取り出した。

レッドテイルカイマンの皮にブルーヘッドオッターの皮、ネオンバッジーの羽根、ケートスの皮。

そして、〝箱舟〟としての今回の一番の成果と言っても過言ではない（ムコーダから譲り受けたマジックバッグを除いてではあるが）シーサーペントの牙と魔石だ。

次々と出される素材を目にし、驚きを隠せないギルドマスター。

「こ、これはっ！」

どれもが貴重であり高価なものだ。

そして、ここロンカイネンではどう考えても手に入るような素材ではなかった。

その素材が目の前に。

しかも、その入手先はダンジョンだという。

ダンジョンの場所は小国群とはいえ、ここロンカイネンからは遠過ぎるというほどではない。

上質な素材の入手先が増えるかもしれない。

ここロンカイネンの冒険者ギルドがさらに発展していく未来を予想して、ギルドマスターは色めき立った。

それとは対照的に〝箱舟（アーク）〟の面々は冷めた表情を浮かべていた。

そう単純な話ではないことは、身をもって重々理解していたからに他ならない。

「これだけのものが手に入るならば、すぐにでも情報を公開してっ」

「まぁ待ってください」

興奮するギルドマスターに待ったをかけるガウディーノ。

「確かに、あのダンジョンのドロップ品は全て価値のあるものだ。だが、あのダンジョンにもう一度潜るかと言われたら、俺はごめんだ」

「俺もだな。稼げるかもしれねぇけど、それも上手（うま）いこと生きて戻れたらの話だからなぁ」

「あのダンジョンじゃあ無事に生きて戻った姿が想像できんわい」

「私たちじゃ入ったら死ぬだけ」

Ａランクの冒険者が口を揃えてそう言うダンジョンとは……。

自分の思うようにそう簡単にはいかないことを悟り、身を引き締めるギルドマスター。

「そもそもがだ、俺たちがあのダンジョンを踏破できたのだって、ムコーダさんたちと一緒だったからだ」

ガウディーノがそう言うと、他のメンバーたちも深く頷いた。

「Ｓランクのムコーダさんですか。そう言えば、あなたたちは知り合いだったようですね」

「ああ。その関係で一緒に潜ろうって話になったんだが、ムコーダさんたちと一緒じゃなきゃあ、俺たちはあのダンジョンからこうして生きて戻ってくる事はなかっただろうさ」

それから、〝箱舟〟の面々はダンジョンでのことを、どんな階層だったのか、どんな魔物が出てきたのか、どう対処したのか、包み隠さず事細かに話して聞かせたのだった。

…………………

…………

……

「ハァ～……。広大な湿地帯に広大な海、ですか」

「もしかしたらだが、Ｓランクの冒険者なら１階は攻略できるかもしれない。それだって、長い期間かけてだろうがな。だが、２階に下りた途端に海だぞ。あの大海原を進むには巨大な外洋船でも持っていかなきゃあ無理だ」

そう断言するガウディーノ。

「しかもだ、船があったとしても、あの魔物の大群が待ち受けてるんだぜ。すぐに沈没させられて終わりだぜ」

ギディオンがそう続けた。

「いやいや、その前に、海を見た途端に茫然自失じゃろう。そうなったとして、あの1階の湿地帯をまた戻らねばダンジョンの外には出られんのじゃぞ。進むにしろ戻るにしろ正に地獄じゃわい」

シーグヴァルドもそう続けた。

「地獄への階段ってか？　ハハハ」

ギディオンが空元気で軽口をたたくが、「そのまんま過ぎて笑えんわい」と顔を顰めるシーグヴァルド。

「地獄っていうのもあながち間違っていない。あんなダンジョンは普通の冒険者じゃ絶対に無理。無駄死にするだけ」

珍しいことだが、フェオドラもそう力説した。

「正直言って、あそこを攻略できるのはムコーダさんたちくらいだろう。フェンリルや古竜、他にも強い従魔を従えている冒険者が他にもいるのなら別だけどな」

深く息を吐きながらそう言うガウディーノ。

それに何度も頷きながら同意する〝箱舟〟のメンバー。

「なにせ、カリブディスやらリヴァイアサンやらなんて化け物が出てくるんだからなぁ……」

「おうギディオン、その前の1階にアサシンジャガーなんてもんが出てくるんだから、その時点で詰みじゃろ」

「シーグヴァルドも間違い。そこまで行く前に死ぬ」

冷静に突っ込むフェオドラに、ギディオンもシーグヴァルドも「「だな……」」と納得顔でそう言ったのだった。

一方ギルドマスターは、お伽噺でしか出ない魔物の名前に顔を引き攣らせていた。

「ほ、本当に、カリブディスやらリヴァイアサンやらが出てきたんですか？」

「まぁ、こんな魔物の名前が出て疑う気持ちも分からないでもないが、本当の事だ」

「今更嘘なんてついても仕方ないしな」

「ま、倒したのは当然ムコーダさんたちじゃがのう」

「ドロップ品も向こう」

「そ、そうですか」

「確認を取るなら、ムコーダさんは本拠地のカレーリナに戻ると言っていたから、そっちのギルドでしてもらったらどうだ」

「そうさせていただきます……」

「俺たちは義務として報告させてもらったまでだ。ただ、あのダンジョンの情報は公開すべきでないと個人的には思うがな」

「俺もだ」

「儂もじゃな」

「私も」

〝箱舟（アーク）〟の面々は、あのダンジョンを経験したからこそそう考えていた。

「まぁ、その辺の判断はギルドに任せる。一冒険者がどうこう言って変わるとは思わんからな。ただ、あのダンジョンの情報を公開するなら、向かった冒険者が誰一人戻ってこない事態を覚悟することだな」

ガウディーノはそう言うと、他のメンバーを促して部屋を後にした。

冒険者ギルドを出て、通りに出た〝箱舟（アーク）〟の面々。

「情報公開、すんのかね？」

「さぁな。俺たちとしてできることはした」

「じゃのう。これ以上はどうすることもできんわい」

「しかしよう、最後の最後にリヴァイアサンが出た時にゃ、ビビったぜ。恥ずかしながら気絶しちまった」

「俺もだ……」

「儂もじゃ。リヴァイアサンっちゅうのはあんなにデカいもんじゃとは思ってもみんかった」

「私も気を失った。でも、あれはしょうがないと思う」

そう言いながら4人とも頷き合う。

「実を言うとよ、ムコーダさんについていくのも面白いんじゃないかなって思ったんだぜ。実入りも良さそうだしよ」

ギディオンがそう言うと、「俺もそういう選択肢もアリかと思っていた」「儂もそれもいいかと思っておったわい」「私も。なにより美味(おい)しいご飯が食べられる」とガウディーノも、シーグヴァルドも、フェオドラも、同じようなことを思っていたと告白した。

「でもなぁ、リヴァイアサンを見た途端にそんな思いも吹っ飛んじまったぜ」

「そうじゃのう。あんなのを相手にするくらいなら、実入りはそこそこでも今の方がよっぽどいいわい」

「それに、私たちが危機に陥っても、きっとフェンリルもエンシェントドラゴンも助けてはくれない」

「ムコーダさん以外は、フェンリル様にとっても古竜(エンシェントドラゴン)様にとっても羽虫同然なんだろう……」

ガウディーノの考えは、図らずも的を射ていた。

フェルもゴン爺(じい)も、結局のところ認めている人間はムコーダだけなのだから。

「ま、俺たちは今まで通り地道に稼いでいこうぜ。やっぱそれが一番だぜ」

「それが儂らにゃあ合ってるわい」

「美味しいご飯も捨てがたいけど、安全が一番。孫に会えなくなったら死んでも死にきれない」

「フッ……。そうだな」


後日、冒険者ギルドは、小国群にあるダンジョンの情報公開を見送ることを決定した。

「あのさ～、無理だと思うよー」

『む、分からんではないか』

「いやいやいや、前に地竜(アースドラゴン)の解体を断られてるじゃん」

『むむぅ……』

アースドラゴンの件を思い出したのか、フェルが鼻にしわを寄せて苦い顔をしていた。

「あと考えられるのは、エルランドさんかな。嫌だけど」

ドラゴンLOVEなエルランドさんなら喜んで引き受けてくれそうだけど、あの人と会うのもねぇ。

『エルランドというと、あのうるさいエルフか』

フェルがそう言うと、ゴン爺(じい)とドラちゃんが盛大に顔を顰(しか)める。

『あのエルフに会うのは勘弁願いたいのう。気持ち悪くてかなわんわい』

『俺も断固拒否だ！』

そりゃあゴン爺とドラちゃんが一番被害受けていたからねぇ。

「エルランドさんがダメとなると、しばらくはアイテムボックスの中で保管ってことになるかもね」

『ぐぬぅ』

そんなことを念話で話しながら通りを歩く俺たち一行。

俺たち一行は、昨日のうちにカレーリナの街に帰ってきていた。

閉門寸前だったとはいえ、ゴン爺の機動力のおかげでなんとかね。

疲れていたのもあって（ま、疲れていたのは俺だけだけども）、うちのみんなに軽く挨拶だけして、食いしん坊カルテットに飯を食わせたら風呂に入ってすぐさま泥のように眠ったよ。

久しぶりのベッドは天国のようで、横になったら秒でグッスリだったね。

翌日は、食いしん坊カルテットに朝飯を食わせたらゆっくり一休みして、それから冒険者ギルドに向かおうと思っていたんだ。

一応、帰ってきた報告はしないといけないしね。

まぁ、取り急ぎの報告はそれだけだから、場合によっては午後から向かうのでもいいかなくらいに思ってたのに……。

フェルもゴン爺もドラちゃんもスイも、『リヴァイアサン、リヴァイアサン』って騒いで急かせるもんだからさ。

しょうがなく早めに家を出てきたってわけだよ。

そして、冒頭の話となるのだが……。

『主殿、では、リヴァイアサンは食えぬのかのう？』

「解体できない以上は、食えないだろうねぇ」

『えー、すっげぇ期待してたんだぞー！』

『スイもりばいあさんっていうの食べてみたい～』

「そんなこと言っても」

『は、話してみなければ分からんだろうがっ。もしかすると、できるかもしれんだろう』

「まぁ、フェルがそう言うなら話してはみるけど、あんま期待するなよ」

そうこうするうちに、冒険者ギルドへ到着。

勝手知ったるで、みんなして中へと入っていくと……。

「お前たち、ようやく来たか」

腕を組んで仁王立ちしたギルドマスターが待ち構えていた。

「ど、どうしたんですか？」

「どうしたじゃないわいっ！　お前ら付いてこい！」

青筋を立ててすごい剣幕のギルドマスターに気圧(けお)されて無言のまま連行されたのは、馴染(なじ)みの倉庫だ。

ヨハンのおっさんの姿も見える。

「お前ら、なにをしてくれてんだよ！」

険しい顔のギルドマスターにそう怒鳴られるが、心当たりが多過ぎる。

「え、ええと……」

「お前、ロンカイネンに行くっていったよなぁ」

ギクリ。

「え、ええまぁ」

も、もちろんロンカイネンの街にも行ったよ。

「じゃあよう、なんでルバノフ神聖王国の方角に向かうブラックドラゴンが多数目撃されてるんだぁ？　あー？」

いや、ほら、俺が言ったのは「ロンカイネン他」だから。

「方々の街でえらい騒ぎだったんだからな！　うちにも問い合わせが山のように来たわ！」

す、すんません……。

「それにだ、ルバノフ神聖王国の総本山の教会、潰されたらしいなぁ～。フェンリルと古竜（エンシェントドラゴン）によー」

「そ、そ、そうなんですか？」

汗が止めどなく流れてくる。

「そうなんですかじゃねぇよ！　フェンリルとエンシェントドラゴンのコンビなんて、お前んとこだけだろうが！」

『おいおい、俺もいるぞ！』

『スイだっているもん！』

ドラちゃんもスイも、君たちの声はギルドマスターには聞こえてないから、ちょっと黙ってらっしゃい。

「え、いや、それは、その、ほ、他にも、いるかもしれないじゃないですか」

そう苦し紛れの言葉を発すると、ギンッと眼力だけで射殺しそうな目を俺に向けてくるギルドマスター。

「そんなのいるわけねぇだろうがっ！」

ピシャリと言われてビクッと体がすくむ。

手を下したフェルとゴン爺は、いつものごとくの素知らぬ顔だ。

フェルは呑気に顎下なんて掻いてんじゃないよ！

ゴン爺も大口開けて欠伸なんかすんな！

我関せずのフェルとゴン爺を恨み節で見やる俺。

「まぁ、あのいけ好かないルバノフ教の総本山の教会が潰れたのは、いい気味だ。それに関しちゃあ文句はない」

ホッ。

「だがよぅ、ロンカイネンの冒険者ギルドから、お前らが小国群にあるダンジョンを踏破したのかって問い合わせが来てるのはどういうことなんだ？」

ちょっとぉぉぉ！

〝箱舟〟の面々が上手い具合に説明してくれているんじゃなかったの!?

そう言ってくれたから任せたんだよ！

ガウディーノさん、どうなってるのーっ。

「とにかく、なにがあったのか話せ！　一つも漏らさずだぞ！」

「ハ、ハイィィィッ」

俺たちの前には、疲れ切ったギルドマスターとヨハンのおっさんがいた。

ヨハンのおっさんは、ギルドマスターに「お前も一緒に聞け」と巻き込まれた形だ。

二人とも灰になっている。

「お前ら、とんでもねぇな…………」

「俺を入れないでくださいよ。俺は止めたんですよ。だけど、うちのみんなが張り切っちゃって」

「なにを言ってんだよ！　全部お前の従魔だろうが！」

「いや、それはそうなんですけどぉ。みんな無類のダンジョン好きだから……」

そこだけは止めても言うこと聞かないんですよ。

『ダンジョンは面白いからな！』

『ダンジョン楽しい～』

ドラちゃんもスイも、これからも行く気満々だね。

『ダンジョンに潜ってもいいだろう。別にお主たちに迷惑はかけてないではないか』

フェルがそう声に出した。

『そうじゃのう。それどころか、持ち出した素材でお主たちは潤っているのではないのかのう？』

ゴン爺もそう声に出して言う。

「いや、まぁ、そういうところもあるっちゃあるんだが。あれやこれやと引っ掻き回されるとな、儂（わし）らもいろいろとな……」

冒険者ギルドとしてフォローが大変てことだろうね。

とは言っても、うちのみんなのダンジョン好きは収まりそうにもないけどさぁ。

一番大変なのは俺なんだから。

「そうだ、ドロップ品の買い取りします？」

「どんなのがあるんだ？　とりあえず見せてみろ」

「ええと……」

まだ整理はできていないんだけど、とりあえずあのダンジョンで拾ってきたもの（当然肉以外だが）を順に出していく。

もちろんヤバそうな代物、カリブディスの宝箱（あの中に入っていたこの世界じゃ貴重過ぎる真珠（パール）がふんだんに使われたティアラが曲者（くせもの）だから）や賢者の石、それに魔槍（まそう）バイデントは除いてな。

手始めにレッドテイルカイマンの皮に牙を多数。

それからエンペラードラードの魔石にエンペラードラードの宝箱に入っていた黄金の鱗（うろこ）と小粒のエメラルドとルビー、ハンターグリーンアナコンダの皮、キラーターマイトの顎が多数、キラーターマイトのアリ塚から出たホワイトオパール数個、ビッグバイトタートルとジャイアントバイトタートルの甲羅が多数、アサシンジャガーの毛皮と魔石。

その他細々としたものを次々と出していった。

「1階層で出たのはこんなもんですかね」

「「1階層っ!?」」

ギルドマスターといつの間にか復活していたヨハンのおっさんの声が重なる。

「1階層ってお前、これで全部じゃねぇのかよ……」

そう言って呆然とするギルドマスター。

ヨハンのおっさんはあんぐりと口を開けている。

「半分ってところですかね。他にもけっこう肉とか出たんですけど、それはほら、うちで食いますから」

半分とは言っても、2階層のドロップ品は大物が多いんだけどね。

「続き、出しますね」

2階層のドロップ品の最初は、ケートスの皮だ。

あの気味の悪い姿を思い出すと触りたくないところなのだけどしょうがない。

あとは主なものとして、カリブディスの牙と魔石（超特大）、超巨大ザメの歯と魔石（そこそこ大きい）、フェルたちが洞窟で取ってきた宝箱に有った宝石が装飾されたミスリル短剣と大粒のダイヤモンドが10個、サメ皮が多数にシーサーペントの牙や皮が多数。

「もういい」

「え？」

「もういいって言ってんだよ！　この倉庫をお前のドロップ品で埋め尽くす気か!?」

「いや、でも、見せてみろって言ったのギルドマスターじゃないですか」

「限度っちゅうもんがあるだろ！　限度っちゅうもんが！」

「まだまだあるんですけど……」

　クラーケンとアスピドケロンの魔石とかマーダーシータートルの甲羅とか、他にも細々したものがけっこうあるし。

「出されても全部買い取りなんてできるかっての！　ここのギルドを破産させる気かってんだよ、まったく」

　そんなつもりはないんですけど、邪魔だし買い取ってくれたら嬉しいなとは思うかな。

「うちで欲しいのは……」

　冒険者ギルドで買い取ってくれたのは、レッドテイルカイマンの皮と牙、エンペラードラードの魔石、キラーターマイトの顎、ビッグバイトタートルとジャイアントバイトタートルの甲羅、ケートスの皮、超巨大ザメの歯、サメ皮、シーサーペントの牙と皮の3分の1だった。

　ギルドマスター曰く「お前に触発されたのか、この街じゃあ成り上がってやろうって気張る冒険者が増えてな。武器防具の素材の需要が急上昇してんだよ」とのことだった。

「んじゃあ買い取り金は、計算して3日後には用意しておくからよ」

「分かりました。3日後に取りに来ますね」

ギルドマスターとのやり取りが終わったところで、フェルが俺を小突いてきた。

「なんだよ?」

『アレのことは聞かないのか?』

「あれのことって?」

『忘れたのか? リヴァイアサンだ、リヴァイアサン!』

「あ、そうだった。えーっと」

ギルドマスターとヨハンのおっさんに向き直ると、二人とも引き攣(つ)った顔をしていた。

「お、お前、まさか、リヴァイアサンを買い取れとか言うんじゃねぇだろうな?」

「い、いやぁ、さすがにそれは」

先手を打ってきたギルドマスターにそう言う。

こちらの目的は……。

「なに俺を見てんだよ! 解体もダメだからな! できるわけないだろ!」

やっぱりダメかぁ。

「フェル、ゴン爺、ドラちゃん、スイ、ダメだってー」

ガックリ項垂(うなだ)れる食いしん坊カルテット。

『リヴァイアサンは美味(うま)いというのに……』

『食えないとはのう……』

「「食うつもりだったのかよ!?」」

またもやギルドマスターとヨハンのおっさんの声が重なった。

「いや、まぁ、美味いらしいです。フェルもゴン爺も力説していましたから」

俺がそう答えると、二人とも呆れたようにため息を吐いていた。

「それよりよ、お前、こういう時こそ王様になんか献上したほうがいいんじゃねぇのか」

ギルドマスターが言うには、ルバノフ神聖王国の総本山の教会が潰された一件で、ルバノフ神聖王国からこの国に抗議が来るだろうとのことだ。

ルバノフ教を嫌っている王様がまともに相手にするわけはないが、迷惑が掛かるのは間違いない。

だから、今こそというわけだ。

言われてみれば確かに。

今、献上することでその件についてどうぞよしなにって意味にもなるだろうしね。

「言われると今こそって感じですよね。お願いしてもいいですか？」

「まぁ、頼まれれば行くけどよ、お前、よしなにって頼むなら、一度くらいは王様に謁見しておいたほうがいいんじゃねぇのか？」

「ええ～」

お偉いさんと会うの面倒。

「お前自分だったら、誰かに言伝で頼まれるのと本人から頼まれるのと、どっちが気分いい？」

そう言われると……。

やっぱ1回くらいは会っといたほうが今後のためにもいいのかなぁ。

「それによ、さっきのリヴァイアサンの件、王都の冒険者ギルドなら解体受けてくれるかもしれねぇぜ」

『よし、王都に行くぞ』

『うむ。王都じゃゃ』

『王都だな』

『おうと～』

「お前らなぁ～」

「ま、3日後またここに来るんだ。それまでにゆっくり考えておけ」

「そうさせてもらいます」

フェル、ゴン爺、ドラちゃん、スイは、もう王都に行く気になっているけどねぇ。

俺としても、ギルドマスターの言うことももっともだと思うし。

王都行きは免れそうにもないな。

ハァ～、お偉いさんには会うの面倒なんだけどな。

まぁ、とにかく帰ってきたばっかりだし、少しの間はここでゆっくりさせてもらうからな！

「ふあぁぁぁ」

リビングのイスに座り大きな欠伸をした。

こうやってボーッと過ごす時間、最高だね。

良きかな、良きかな。

俺は、しばらくぶりの平和な休日を過ごしていた。

昨日は、冒険者ギルドに行き、夜にはうちの奴隷(従業員)たちと〝お疲れ様〟の宴会だった。

メインはから揚げ。

フェルたち食いしん坊カルテットの希望だったからな。

お前らどんだけから揚げ好きなんだよって感じだけど、酒のつまみにも合うし、子どもも大好きだし、宴会のメニューにピッタリだってことで採用。

先のダンジョン産のスッポンことビッグバイトタートルとシーサーペントのから揚げをしこたま作った。

もちろん酒も大人連中が好きなビールとウイスキーをたっぷり用意してな。

そこにアイヤとテレーザも作った料理を持ち寄って、宴会に相応(ふさわ)しい豪華な食卓に。

から揚げに使っているのがビッグバイトタートルという亀の魔物だと聞いて、うちのみんなも最初はビビッていたけど、食ってみればあっさりしつつもしっかりとした旨味(うまみ)のある肉の虜(とりこ)に。

ビビッていたのはなんだったんだってくらいガンガン食ってたよ。

シーサーペントの肉は超高級品だとそれなりに知られているみたいで、特に元冒険者組が「俺ら奴隷(従業員)になんてものを出すんだ！」って騒いでいたけど、「まぁ、たくさんあるんだから大丈夫だよ」って宥めたら、諦めたように食ってたよ。

ため息吐いて「ムコーダさんだからなぁ」なんて言っていたけどさ。

まったくもって失礼だよね。

俺だって本当にダメなのは出さないし食わせないぞ。

ま、そんな感じで和気あいあいと宴会は進んだ。

そこで、俺が留守だった間のことも聞いたんだけど、概ね問題なかったようだ。

ただ、ランベルトさんのとこへ卸している商品の問題がねぇ……。

俺が置いていった在庫は問題ないようだったんだけど、それを移し替える人手がやっぱり足りなかったようだ。

それに専念すると、家の仕事が滞るっていうんで、その辺はランベルトさんとことの折衝を頼んでいるコスティ君がうまいことやってくれたみたいだけど。

コスティ君、グッジョブ。

一部大人組が夜中まで酒盛りしていたみたいだけどねぇ。

そんなこんなで宴会も無事終了。

「ふぁぁぁ～」

再びの大欠伸。

しかし、やっぱ奴隷の数、足りないんだな。

一応は俺も増やすことを考えて、風呂の工事を頼んだブルーノさんとこに家の建築を頼んでるんだけどねぇ。
ただ、話では工事が始まるのはもうちょっと先だし……。
まぁ、家が建たないと奴隷(従業員)を増やせないし、そのことは今は保留だな。
というわけで……。
「そろそろランベルトさんとこに行くとするか～」
『ぬ、あの店に行くのか。我も行こう』
『儂も主殿のお供をしようかのう。暇じゃしな』
『なら俺も～』
『スイも行くー！』
嬉々(きき)として一緒に行くと言い始めるフェル、ゴン爺、ドラちゃん、スイ。
そんなみんなに胡乱(うろん)げな目を向ける俺。
「お前らはどうせ買い食い狙いだろー」
俺がそう言うと、パッと顔をそむけるフェルとゴン爺とドラちゃん。
スイだけは呑気に『いっぱい食べるー』とピョンピョン飛び跳ねている。
ハァ～っとため息を吐きつつ、いつものことかと気を取り直す。
「んじゃあ、行くか」
俺はフェルたちを伴い、ランベルトさんの店へと向かった。

ランベルトさんの店へ行くと、ちょうど店先に出ていたランベルトさんとマリーさんに出迎えられた。

「まぁー！　ムコーダ様、やっと戻ってらしたのね～。さぁさぁ、どうぞこちらに！」

そう言いながら満面の笑みを浮かべるマリーさん。

そして、なかなか強い力で俺の背中を押して店の奥へと誘う。

そんなマリーさんと困惑する俺を、ランベルトさんは苦笑いしながら見ていた。

何度も入ったことのある店の奥にある部屋で、テーブルを挟んでランベルトさんとマリーさんご夫婦と俺が向かい合う。

ちなみにフェル、ゴン爺、ドラちゃん、スイのお供たちは店の外で待っている。

「卸していただいている石鹸（せっけん）やシャンプーなど、評判が評判を呼び売れに売れていますのよ～」

ニコニコとご機嫌な様子でそう話すマリーさん。

そうでしょうねぇ、今さっきも女性客がわんさか押し寄せていましたし。

「それで、ご相談なのですがぁ～……」

「量を増やすっていうのは、今はちょっと無理ですよ」

マリーさんの言いたいことはなんとなく想像できたから、事前にけん制。

今でも人手が足りないのにそれ以上はどうにもならんよ。

うちはブラックじゃないしー。

「いやいや、そうではないのです。もちろん状況が整えばそうしていただきたいのですが」

ふむ、コスティ君からの話はマリーさんにも伝わっているようだな。

「私がご相談したいのは……」

そう言いながら、マリーさんがテーブルの上に置いてあった細工の施されたキレイな箱に手をかけた。

その箱、なんだろうって気になってたんだよね。

「コレのことです！」

箱から取り出されたのは見覚えのある瓶。

「それは……」

「はいっ！　ムコーダ様からいただいた、顔に塗るクリームです！」

キラキラというかギラギラとした目で満面の笑みを浮かべるマリーさん。

「素晴らしいお品でした！　ムコーダ様に教わったとおりにお顔を洗ったあとにこれを塗りましたところ、翌朝の肌が、もうもうっ」

マリーさんが、自分の頰に手を当てながらうっとりとした顔をしている。

そんなマリーさんの横にいるランベルトさんが何か諦めたように首を振っているんだけども。

「十代のころ、いえ、そのころと比べても遜色のないツヤッツヤのツルスベ肌になりましたのよーっ！　年々気になっていた小じわもいつの間にかきれいサッパリ無くなってしまい、私、もうこのクリームなしでは生きていけませんわぁ！」

人の奥さんをジロジロ見るのもあれだけど、確かにマリーさんのお肌が前よりもキレイになっている。

「つきましては、是非とも、是非ともっ、このクリームを当商会にお売りいただければ！」

げっ……。
マ、マリーさん、目が、目が、目力がハンパなくなってますってばっ。
その目が、是が非でも逃さないって物語っていますよ！

「ムコーダさん、私からもお願いいたします。マリーの肌を見た、商人の奥様方からの問い合わせが……。そして、そこから伝わったのか貴族の奥様方からも……。特に伯爵様の奥様とお嬢様からは熱心なお問い合わせをいただいておりましてな……」

そう言いながらゲッソリとした顔を見せるランベルトさん。

問い合わせという名の激しい突き上げを食らっているのですね。

分かります。

うーん、卸すのは問題ないんだけど……。

今だって手一杯なのに、これ以上仕事を増やしてもねぇ。

しかし、ここで売れませんなんて言ったってマリーさんが逃してくれなさそうだし……。

よし、ここはとりあえず個数を限定で卸しておこう。

「ええとですね、あれだけのものですので、たくさん用意できる代物ではないんです。ですから、とりあえず100個ならば……」

「キャーッ！　本当ですのっ、ムコーダ様！　ありがとうございますっ、ありがとうございますぅぅぅっ！」

マリーさんが壊れた。

なんか、今にも小躍りしそうなほどに喜んでいるんだけど。

「ありがとうございますっ、ムコーダさん」

……ランベルトさん、涙拭きなよ。

俺はお2人の様子に多少顔を引き攣らせながらも、今後についてのことも伝えた。

「あ、あとですね、今後まったく手に入らないというほどではないので、ある程度手に入ったらということで卸させてください」

そう伝えると、またもや喜びの声をあげるマリーさんだった。

ここに来た本題がまだあるっていうのに、激しく疲れたんだけど……。

◇　◇　◇　◇　◇

マリーさんのテンションに押されっぱなしだったところを、出してもらったお茶を飲んで一息入れる。

お、相変わらずここで出してくれるお茶は美味いな。

ゴクリゴクリとお茶を飲んで疲れを癒したら本題だ。

「ランベルトさんにお土産があるんです。それと、お願い事が……」

そう言ってアイテムボックスから取り出したのは、鮮やかな緑色をした皮だ。

「ええと、確か、ハンターグリーンアナコンダだったかな？の皮です」

例のダンジョンでのドロップ品だ。

ランベルトさんの店でも、ここまで鮮やかな緑色をした皮は見たことがなかったからお土産にいいなと思ってたんだ。

それと、うちの奴隷（従業員）のみんなにもこれで小物を作ってもらって、それをお土産代わりにしたいんだよね。

「ム、ム、ムコーダさぁぁぁん！」

何故（なぜ）か必死の形相で俺の名前を叫ぶランベルトさん。

「あらあら」

困ったような顔をして苦笑いしているマリーさん。

「ムコーダ様、私はお店に詰めかけているお客様のお相手をしなければなりませんので、ここで失礼いたしますね」

「はい。どうぞどうぞ」

マリーさんの美容製品コーナーは大繁盛してたもんね。

しかも、女性客の方も真剣だから、いろいろと聞きながら商品選びして買っているみたいであそこのコーナーの店員さん（ちなみにみんな女性だったぞ）はめちゃくちゃ忙しそうだった。

しかし、承諾した俺とはうらはらに、席を立つマリーさんをランベルトさんが「マリ〜」と縋るように呼び止める。

ランベルトさん、マリーさんと離れるのがイヤだからって束縛し過ぎは嫌われるぞ。

本音はリア充滅べだ。（俺の心の叫び）

「アナタ、ムコーダ様のお相手をしっかりなさってくださいね」

そう言ってニッコリ笑い、縋るランベルトさんを振り切ってマリーさんは部屋を出ていった。

目の前のポッチャリして人の良さそうなランベルトさんを見やる。

ハァ、名うての商人さんとは言え、がっつりしっかり〝おじさん〟と呼ばれる年齢に見えるランベルトさんにあんな若くて美人な奥さんがいるのがおかしいんだよ。

やっぱり金か？　金なのか？

しかし、金なら俺もあるんだけどなぁ。

なんで出会いがないんだろう。

元の世界でも出会いがなかったんだから、こっちでは出会いがあったって罰は当たらないと思うんだけどなぁ。

「……もう、私にどうしろと言うんだ。ムコーダさんの世間知らずもここまでくると、どう伝えていいやら困るんだよ（ボソリ）」

「ん？　ランベルトさん、なにか言いました？」

ランベルトさんへの恨み言をつらつらと考えていたから、なにを言ったのかよく聞いてなかったぞ。

「いや、なんでもありませんよ。ハァ〜」

いやいや、なんです最後のため息。

ため息吐きたいのはこっちですからね。

「ムコーダさん」

「はい」

「さすがにこの皮は受け取れませんよ」

「え？　どうしてですか？　せっかくお土産にと持ってきたのに。それにお願い事もあるし……」

俺がそう言うと、ランベルトさんが真剣な顔でこちらを見てくる。

「ムコーダさん、いいですか？　このハンターグリーンアナコンダの皮は、手軽にお土産と言って渡して良い物ではないんですよ。非常に価値の高いもので、去年、王都で開かれたオークションでは金貨1000枚近くの値が付きました」

「金貨1000枚、ですか？」

「そうです。しかも、傷が多かったにもかかわらずですよ。去年のオークションには私も参加しましたので、現物を見ていますからね」

「傷が多い……」

俺が取り出していたハンターグリーンアナコンダの皮をまじまじと見る。

……この皮には傷なんて一つもなくね？

「見て分かりますよね。この皮には傷一つなくとても綺麗な状態ですから、少なくとも金貨100枚を上回る価値はあるということです」

「いや、その……」

言いたいことは分かったよ。

でも、この皮の利用価値なんて俺にとってはあんまりないし。

それこそ買い取りしてもらうしかないんだけど、フェルたちが間髪を容れずに稼ぎまくるから今のところ金には困っていない。

キレイな色の皮だし、ランベルトさんのお土産にピッタリだと思ったんだけどなぁ……。

「いいですか、ムコーダさん。そのようなものをお土産だと渡されて、『はい、そうですか』と受け取るほど私も厚顔無恥ではありません」

「でも、お願い事もあるし……」

俺を諭すように言葉を発するランベルトさんをチラチラ見ながら、少しばかりの抵抗を試みる。

「ハァ～……。そのお願い事というのは、この皮と相殺になるくらいのお願い事なのですか？」

「それは、その……」

「ムコーダさん」

「ええと、その、う、うちのみんなへのお土産代わりに、この皮で小物でも作ってもらって渡そうかなって……」

「ハァ～……」

ランベルトさん、ちょっとちょっと。

ため息吐きながら頭振らなくてもいいんじゃないんですか。

「みんなって、ムコーダさんのところの奴隷たちですよね？」

「はい。みんなうちの大事な従業員ですから」

うちのみんながいなきゃ、俺たちの旅をするっていう気ままな今の生活は成り立たないからね。

みんながいてくれるからこそ、安心して方々に出られるわけだし。

本当にうちには欠かせない人員だよ。

「奴隷にハンターグリーンアナコンダの皮で作った小物を授けようと考えるなんて、ムコーダさんくらいのものですよ……。ハハハ」

ランベルトさん、乾いた笑いとともにそんなこと言わないで～。

「ですから、小物の作製は是非ともお願いしたいんです」

「……ハァ～。分かりました。請け負いましょう。それから、残りの皮も私どもで買い取らせていただきましょう。ハンターグリーンアナコンダの皮などめったにお目にかかれない代物ですからな。この際手に入れさせていただきましょう。ハハハハハハハハハ」

……ランベルトさん、自棄(やけ)になってない？

その後、ハンターグリーンアナコンダの皮に金貨1200枚出すというランベルトさんと、小物作製の分の皮は差し引くんだからもっと低いでしょと言う俺との間ですったもんだしたが、小物の分の皮と手間賃を差し引いて金貨600枚でという俺の意見で落ち着いた、というか押し通した。

しかしながら、まだ納得がいかない風のランベルトさん。

「本当にこの値段で良いのでしょうか……」

「売り手の俺がこれでいいって言っているんですから、いいんですよ！」

ここは譲らないからね。

だいたいお土産にって持ってきたのに、金貨持ち帰ることになっちゃった俺の身になってくださいよ。

カッコ付かないじゃないですか。

もう、小物の話に移るからね！

「それでですね、この皮で作ってもらいたい小物なんですが、財布をお願いしたいんです。それでですね……」

俺は考えていたことをランベルトさんに話した。

こっちの世界で、この店にも売っているような革製の財布を持っているのは小金持ちしかいない。

普通の冒険者や町民たちは、麻袋に入れて持ち歩いているんだ。

しかも、巾着のように紐が通してあるのならまだ上等なほうで、袋状の麻袋にポイッと硬貨を入れて口を畳んで使っているということがほとんどだ。

かく言ううちのみんなもそのような財布を使っていた。

さすがに俺も「それはちょっとなぁ」と思っていたので、今回の小物は財布にしようと考えたわけだが、財布にするなら使い勝手がいい物が良いなという思いがあった。

それというのも、こっちの財布は、入れ口がボタン掛け式だったりベルト式だったりで、硬貨の出し入れが地味に面倒くさいんだよね。

慣れればどうってことないんだろうけどさ。

実を言うと、それがあって、ここで前に買った財布もあんまり使っていないんだよね。

それで俺は考えた。

がま口財布があったら便利なんじゃねと。

パチンと開けてパチンと止める。

がま口財布ほど硬貨を入れるのに最適な財布はないんじゃないかと思うんだ。

そんなわけで、ランベルトさんにがま口財布のことを口で説明しているのだがなかなか伝わらない。

「えーと、そうだ、絵に描いて説明しますね」

アイテムボックスから取り出したのは、前に物珍しさで手に入れたこちらの紙とインク壺(つぼ)と羽根ペンだ。

ザラザラぼこぼこの質の良くない紙になんとか拙い絵を描いていく。

「それで、この金具のところが開いたり閉まったりするんです」

「ほうほう。この上の玉になっている部分が開閉の肝になってくるわけですね。なるほど、絵にしていただいたおかげでよく分かりました。これくらいならうちの者にもできるでしょう」

おお～、がま口財布大丈夫そうだね。

ランベルトさんによると、小物ということもあってがま口の金具部分も含めて3日もあれば出来上がるとのことだ。

さすがランベルトさんとこだ。

やっぱりここに頼んで正解だね。

「それで、ご相談なのですが、この〝がま口財布〟というのですか？　是非ともうちの店でも取り扱わせてください」

「それは別にいいですけど」

「ありがとうございます！　私の予想が間違っていなければ、これは売れますよ！」

「は、はぁ」

「売上によって、ムコーダさんに還元させていただきますので！」

「え？」

「それではムコーダさん、私は仕事に戻らせていただきますね！　さぁて忙しくなるぞー！」

「ああ、ランベルトさんっ」

行っちゃった。

「てか、ただのがま口財布だぞ。まぁいいや、俺も帰るかな」

フェルたちが首を長くして待っているだろうしね。

第九章　お久しぶりのステータスチェック

ランベルトさん所へ行った翌日、俺は家のキッチンでせっせと作り置きの料理を作っていた。

「まぁ、王都ならそこそこ美味い飯屋やら屋台やらもあるだろうけど、やっぱりネットスーパーの調味料を使った飯には敵わないからな」

王都へ行くことは既に決定済みである。

なにせ、フェルをはじめとするうちのみんなが王都へ行く気満々だからなぁ～。

昨日家に帰ってきたら、フェルが『それで、いつ王都へ向かうのだ？』とか、のたまってきたし。

続けてゴン爺は、『明日にはどうじゃ？　儂に乗って行けばすぐじゃぞ』なんて言うしさ。

ドラちゃんはドラちゃんで『王都ってデカい街なんだろう？　楽しみだな～』なんて呑気に言うし、スイも『おいしいお肉いっぱいあるかな～？』なんてこれまた呑気に言っているしでさ。

俺が渋い顔して「王都へ行かないって選択肢はないわけ？」って聞いたらさ、フェルの奴はきっぱりはっきり『ないな』って断言しやがるし。

ゴン爺も『リヴァイアサンの解体ができるかもしれんのじゃろう。これは行くしかなかろう』なんて言ってたけど、王都へ行くってことはそれだけじゃないんだけどねぇ……。

食いしん坊カルテットの目的はリヴァイアサンの解体かもしれないけど、王都というからには王様がいるわけで。

ギルドマスターからも言われたけど、王都に行くなら王様に謁見しないわけにはいかないわけで……。

「ハァ〜。礼儀作法とかあんだろうなぁ。面倒くさい」

俺自身のその心配もあるけれど、何よりも心配なのは……。

「うちの奴ら、大丈夫かなぁ？　王様の前で粗相しなければいいけど」

人語を喋れないドラちゃんとスイは別として、フェルとゴン爺がなぁ。

人語がペラペラなうえに、普段からあの尊大な態度だ。

ううっ、考えると心配で胃が……。

先が思いやられるけど、それはばっかり考えていても身が持たないな。

「ここは料理に集中、集中」

〝孤独の料理人〟の称号の力が遺憾なく発揮されたのか、次々と料理が出来上がっていく。

食いしん坊カルテットの大好物でもあるから揚げを含む揚げ物類にステーキやら生姜焼きやらの焼き物類、牛丼にお肉たっぷりの肉豆腐やら肉じゃがの煮物類、ビーフシチューに肉団子のスープなんかのスープ類も作り、肉も野菜もたっぷりのホイル蒸しなんかも作ってみた。

「ふぅ、こんなもんか。しかし、自分で言うのもなんだけど、作りに作ったな……」

作ってはアイテムボックスへを繰り返していたが、思い返してみるとすごい量になっているはずだ。

「集中力と〝孤独の料理人〟の賜物だな。ハハハ……。はぁ〜あ、夕飯作ろ」

夕飯用にと取っておいた、小判型に成型した肉だねが並んだトレイをアイテムボックスから取り出した。

「なんか無性に煮込みハンバーグが食いたくなったんだよね」

まずは、熱したフライパンに油をひいて、ハンバーグを焼き目が付くまで焼いていく。

この時には中まで火を通す必要はない。

あとで煮込むからな。

いい感じに焼き目が付いたら、ハンバーグはいったん取り出しておく。

そうしたらハンバーグを焼いて肉汁が残ったフライパンをそのまま使ってバターを溶かしたら、スライスしたタマネギとほぐしたシメジ、スライスしたマッシュルームを投入。

それをしんなりするまで炒めたら、トマト缶と水を加えてコンソメキューブを入れて、さらにケチャップとウスターソースを加えてかき混ぜながら煮立たせる。

味見をして塩胡椒で味を調えたら（ここで酸味が気になったら砂糖を入れてもＯＫ）、焼いてあったハンバーグを投入。

蓋をして5分くらい煮込んだら、ハンバーグをひっくり返して煮込むことさらに5分。

仕上げにハンバーグの上にとろけるチーズを載せて、ひと煮立ち。

「よし、完成〜。さてと、飢えた野獣どものところに持っていってやるとするか」

一度キッチンに押し掛けてきたけど、追い返してたからね〜。

食いしん坊カルテットが腹を空かせているのは間違いないな。

◇　◇　◇　◇　◇

食いしん坊カルテットは、俺の予想以上に腹を空かせていたようだ。

相当腹が減っていたのか、ガツガツと一心不乱に煮込みハンバーグに食らいついている。

「おいおい、ガッツキ過ぎじゃないの？」

『フン、お主のせいだぞ』

『うむ。主殿が一日中美味そうな匂いを漂わせていたからのう』

『だよなぁ。美味そうな匂いしてくんのに食えなかったんだからよー』

『やっと食べれたもんねー』

例のごとく食わせろってキッチンに押しかけてきた食いしん坊カルテットは、「これは王都に持っていく用なんだぞ。王都での食事がショボくなっていいなら食わせるけど」って言って追い返したからなぁ。

さすがに食事がショボくなるのは嫌らしく、みんなブツクサ文句を垂れながらも退散していったけど、キッチンから漏れて漂う匂いが食いしん坊カルテットの食欲を最高潮にまで掻き立てていたらしい。

ちゃんと昼飯も食わせたはずなんだけどねぇ。

おかしい。

一心不乱に煮込みハンバーグをかっ込む食いしん坊カルテットを横目に、俺も一口。

「うん、美味い。でもって、やっぱ米に合うわ〜、これは」

この味付け、白飯に合うんだよね〜。

『おい、おかわりだ!』

『儂もおかわりをお願いするぞい』

『俺も!』

『スイもー!』

「って、早いよみんな」

俺、今食い始めたばっかりなんだけど。

なんて文句は、飢えてギラギラした目をした食いしん坊カルテットを目にしたら言えないね。

素早くおかわりをみんなに出してやったよ。

再び煮込みハンバーグをかっ込む食いしん坊カルテット。

数度のおかわりの後に、ようやく一息ついた。

フェル、ゴン爺、ドラちゃん、スイは食後のコーラを悠々と飲んでいる。

俺はというと、いつものブラックコーヒーを飲みながら腹をさすっていた。

ちょい食い過ぎたかもな……。

『おい、明日はどうするのだ?』

「ん、明日はお供えの準備しようかなと思ってる」

別に遅れてはいないんだけど、もうそろそろしびれを切らしている頃だろうしね。

今日寝る前に神様たちからリクエストを聞いて、明日はその準備をしようと考えていた。

『むぅ、それは疎(おろそ)かにできないな。何事もなければ、王都へと思ったのだが……』

「だぁかぁらぁ、冒険者ギルドにも買い取り代金を取りに行かなきゃならないし、またランベルトさんのとこも行かなきゃいけないしですぐには無理なの」

昨日話に出たオールインワンジェルについては、既に奴隷(従業員)のみんなに詰め替え作業をお願いしてある。

他のシャンプー&トリートメントの詰め替えやら毛髪パワーの詰め替えより優先してね。

マリーさんのギンギンギラギラの目が納期の遅れは許さないって物語っていたからね～。

ちゃっちゃと納品して安心したいよ。

『リヴァイアサンが食えると思ったのだがな』

まったくどんだけリヴァイアサンが食いたいんだよ。

「まぁ、そんなに遅くはならないよ。１週間以内には出発できると思うからさ。それまでは大人しくしてろよ」

『フン、つまらん』

つまんなくていいんだよ。

お前らがつまらなくないときってのは、俺のほうが大変なんだから。

ハァ～、なんだかなぁ。

ズズッとコーヒーをすすりながら、そういやしばらくの間みんなのステータスを確認してなかったなと思う。

ダンジョンに行った後だし、一応確認しておくかとみんなを鑑定してみる。

まずはフェルからだ。

【名　前】フェル
【年　齢】1014
【種　族】フェンリル
【レベル】950
【体　力】10181
【魔　力】9810
【攻撃力】9469
【防御力】10201
【俊敏性】10024
【スキル】風魔法　火魔法　水魔法　土魔法　氷魔法　雷魔法
　　　　　神聖魔法　結界魔法　爪斬撃(そうざんげき)　身体強化　物理攻撃耐性
　　　　　魔法攻撃耐性　魔力消費軽減　鑑定　戦闘強化
【加　護】風の女神ニンリルの加護　戦神ヴァハグンの加護

ハハハ……。

笑うしかないね。

またレベル上がってるじゃん。

元から高いステータス値がちょっとだけどさらに上がってるよ。

お前これ以上レベル上げてどうすんのよ……。

お次はゴン爺だけど、こちらも元から化け物みたいなステータス値だったんだよなぁ。

【名　前】ゴン爺
【年　齢】3024
【種　族】古竜（エンシエントドラゴン）
【レベル】1335
【体　力】10109
【魔　力】14911
【攻撃力】9990
【防御力】10376
【俊敏性】5479
【スキル】風魔法　火魔法　水魔法　土魔法　氷魔法　雷魔法

神聖魔法　結界魔法　ドラゴンブレス極
古竜（エンシエントドラゴン）の息吹　身体強化　物理攻撃耐性　魔法攻撃耐性
魔力消費軽減　鑑定
【究極魔法】古竜（エンシエントドラゴン）の魂

ここまでくると、何がなんだかだよね。

ドラゴンってスゲェとしか思えんわ。

同じドラゴンでも、ドラちゃんみたいに可愛（かわい）げがあるドラゴンのほうが俺は好きだぞ。

【名　前】ドラちゃん
【年　齢】116
【種　族】ピクシードラゴン
【レベル】208
【体　力】1319
【魔　力】3510
【攻撃力】3330
【防御力】1208
【俊敏性】4070

【スキル】火魔法　水魔法　風魔法　土魔法　氷魔法　雷魔法
　　　　回復魔法　砲撃　戦闘強化
【加　護】戦神ヴァハグンの加護

前言撤回。

全然可愛げないよ！

レベルアップしてまた強くなってる。

フェルとゴン爺ってとんでもないのがいるから見落としがちだけど、ドラちゃんも相当なもんだから。

そ、そういや、ドラちゃんもダンジョンのSランクの魔物を瞬殺してたよな……。

ということはだ、ス、スイちゃんもなのか？

【名　前】スイ
【年　齢】10か月
【種　族】ヒュージスライム
【レベル】63
【体　力】2028
【魔　力】1812

【攻撃力】2003
【防御力】1946
【俊敏性】2011
【スキル】酸弾　回復薬生成　増殖　水魔法　鍛冶　超巨大化
【加　護】水の女神ルサールカの加護　鍛冶神ヘファイストスの加護

「ブーッ」
『うわっ、汚ねぇな！　何やってんだよ！』
『何をやっておるのだ、お前は』
『主殿……』
思わずコーヒーを噴き出してしまったぜ。
ドラちゃん、フェル、ゴン爺の呆(あき)れた視線も気にならないくらいだよ。
スイちゃん……。
生後10か月でこのステータスはヤバいんじゃないかい？
『あるじー、大丈夫～？』
俺の隣で俺を見上げながらそんなことを聞いてくるスイ。
「スイ～！　いつまでも可愛いスイでいてくれよなぁ～」
スイをギュッと抱きしめてそう叫ぶ俺。

『いきなりなんだコイツ』

『ほっとけ』

『主殿……』

「みなさん、いらっしゃいますか～」

フェル、ゴン爺、ドラちゃん、スイが寝静まった後、俺は1人リビングに残り、今か今かと待ちわびているだろう神様ズに声をかけた。

『キター！　待ってたのじゃー！』

『待ちわびていたわよ～』

『よっしゃ、来た！』

『……待ってた』

『ようやくウイスキーにありつけるわい！』

『待ちに待ったウイスキーだぜ！』

声をかけるとすぐに騒々しい声が聞こえてきた。

さてと、さっさと終わらせちゃおっと。

「昨日聞いたリクエストの品をお渡ししていきますね。いつもの通りニンリル様からです」

この作業も慣れたもんだよ。

ハイ、まずはニンリル様リクエストの大量の甘味。

『待ってたのじゃ～。ケーキとどら焼きー！　もう妾は異世界の甘味がないと生きていけないのじゃー』

いやいや、そんなこと言ってどうすんの？

一応、デミウルゴス様の加護で寿命延びたけど、ニンリル様は女神様なんだから長くなったとはいえ俺の寿命なんてほんの一瞬なんじゃないの？

俺が死んだあと、どうすんのよ？

『ふぬ～、思い出させるなぁ！　それには妾も頭を痛めておるというのに～。じゃが、今考えてもどうしようもないことじゃ！　そうなったときに考えるのじゃ！』

それって先延ばしにしただけでしょ。

ま、俺が死んだ後のことまで責任持てませんし。

「それじゃ、リクエストのケーキとどら焼きをお渡ししますね。今回は不三家で〝いちごフェア〟を開催していたので、その限定ケーキが多く出ていたんでそれは網羅してあります。あとは、適当に入ってますんで。あ、ホールケーキももちろんありますよ。あとどら焼きはいつものように大量に入ってますので」

『ふぉー！！　限定ケーキィィィ！　すぐに味わわねば！　すぐにー！』

アイテムボックスから取り出したニンリル様に用意していた段ボール箱が、置いた途端に淡い光を伴って消えていった。

そして、『ありがとなのじゃー!』という声の後にダダダッと走り去る足音が聞こえた。

お供え物を抱えてさっさと立ち去ったのか。

どんだけ限定ケーキ食いたいんだよ、ニンリル様……。

相変わらずのニンリル（残念女神）様に苦笑いしつつ、気を取り直して次へ。

「それじゃあ次はキシャール様です」

キシャール様のリクエストと言えばもちのろんで美容製品。

えらく気に入られた様子のＳＴ−Ⅲのシリーズをご所望。

キシャール様も『もうこれがないと生きていけないわ……』とかつぶやいていたけど、こちらも大丈夫かな。

俺、死んだあとは知りませんからね。

ＳＴ−Ⅲの化粧水、乳液、美容液とコットン。

これだけで予算使い切りなんだから、ＳＴ−Ⅲは高いわな。

「キシャール様、どうぞ」

テーブルに置いたキシャール様用の段ボール箱が消えていく。

『あ〜ん、待ってたわー!　いつ切れるかって冷や冷やしてたのよ〜。これで安心だわぁ』

ストック用ですか。

姉貴がＳＴ−Ⅲを使い始めるとこれ以外は使えなくなるって言って、「私はＳＴ−Ⅲの底なし沼にハマったのよ」なんて冗談言ってたけど、キシャール様もその底なし沼にハマったみたいですね。その美への執念、ある意味あっぱれです。

「次はアグニ様ですね」

アグニ様は当然ビール。

大のビール党だからねぇ。

今回もリクエストはおまかせでビールを箱で。

まぁ、好みはだいたい把握しているから、いつものプレミアムなビールを2箱にして、Yビスビール、S社の黒いラベルのビールをチョイス。

あとの残りは、おまかせ地ビール飲み比べセットを選べるだけ選んでみた。

最近は飲み比べが楽しいって言っていたからな。

「アグニ様、どうぞ。飲み比べセット多めに入ってます」

『お、そりゃあ楽しみだ！　ありがとな～』

いくつかある重量感のある段ボールが消えていった。

『うっしゃー！　今夜は久しぶりにとことん飲むぜ～！』

段ボールが消えた直後には、男勝りのそんな言葉が聞こえてくる。

まぁ、ほどほどにしてくださいね。

「お次はルカ様です」

ルカ様のご用命は、いつもの通りケーキとアイスだ。

ケーキはニンリル様同様〝いちごフェア〟の限定ケーキを。

あとは不三家のアイスと、ネットスーパーに数あるアイスの中でルカ様にまだ送ってないものを中心に選んでみた。

しかし、アイスってものすごい種類があるもんだね。

新作もいつの間にか出てるし。

けっこうな種類と数を揃えたから、ルカ様も満足してくれるんじゃないかな。

「それじゃあどうぞお納めください」

消えていく段ボールとともに『ありがと』という言葉。

そして『アイスがいっぱいある。嬉しい』という可愛い声が聞こえてきて、ちょっとほっこりした。

「次は……」

『儂らじゃな！』

最後は言わずと知れたヘファイストス様とヴァハグン様の酒好きコンビだ。

このお二人（柱？）、またしっかりと酒のリサーチをしていたようで、前回から引き続きの高級ウイスキーのほか、通好みっぽいものまでをご要望だった。

ウイスキー好きってわけじゃないから、探すのに苦労したよ。

このお二人のを揃えるのが一番時間がかかった。

そのリクエストされた品が……。

スーパープレミアムバーボンと言われる馬のボトルキャップが特徴のウイスキー。

ストレートで飲むと非常に美味いと聞いて選んだそうだ。

あとは、近年、大いに注目されている台湾ウイスキー。

トロピカルな味わいかつ飲みやすさが特徴とのこと。

注目されているという一点で、自分たちも飲んでみたくなったと言っていた。

それから、青いラベルが目印の〝個性豊かな世界五大ウイスキーの原酒をブレンドしてブレンデッドウイスキーを開発する〟というコンセプトから生まれたウイスキー。

お二人曰く『個性的なウイスキーをブレンドして新しいウイスキーをなんて、飲んでみたくなるじゃねぇか！』とのことだ。

最後は、ラベルに描かれた山猫が目印の通好みのウイスキー。

ウイスキー好きの間で特に人気が高いらしく、『そんなら俺らも飲まなくちゃならんだろ』って言っていた。

お二人も予算のことを考えたらしく、高級ウイスキーばかり選ぶとその分本数がどうしても少なくなってしまうので、今回はこの4本にとどめたそうだ。

残りは低価格帯のおすすめのウイスキーをいろんな種類用意してくれってことだったので、今回もリカーショップタナカのランキングを参考にさせてもらいつつ低価格で高評価のものを選んでみた。

そのウイスキーがぎっしり詰まった段ボールが数箱。

割れ物なので慎重にテーブルの上に置いた。

「お二人の分がこちらです。お受け取りください」

『ホッホ～、待ちに待ったウイスキーじゃ！　あんがとな！』

『いつもありがとよ！　鍛治神の！　今夜も夜通しウイスキーを飲もうぜ～！』

そう言うとテンションアゲアゲのヘファイストス様とヴァハグン様は、ドスドスという足音を立てて去っていったようだった。

あとはデミウルゴス様だなと思い、アイテムボックスからデミウルゴス様用の段ボール箱を取り出していると、声がかかった。

『ねぇ……』

ん、この声はルカ様か？

『いろんなアイスが売っているアイス屋さんってものがあるんだってね』

あ～、ありますね。

アイスクリーム専門店にジェラート専門店やら。

『がんばって』

…………テナントっすね。

「あ、あの～、テナント解放のレベルまでまだまだなんですが……」

昨日確認した俺のレベルはこんな感じ。

【名　前】ムコーダ（ツヨシ・ムコウダ）
【年　齢】27
【種　族】一応人
【称　号】孤独の料理人
【職　業】料理人　冒険者？　巻き込まれた異世界人
【レベル】114
【体　力】569
【魔　力】546
【攻撃力】541
【防御力】529
【俊敏性】442
【スキル】鑑定　アイテムボックス　火魔法　土魔法　従魔　完全防御　獲得経験値倍化
従魔（契約魔獣）　フェンリル　ヒュージスライム　ピクシードラゴン
古竜（エンシエントドラゴン）（300年限定）
【固有スキル】ネットスーパー
《テナント》不三家　リカーショップタナカ　マツムラキヨミ
【加　護】風の女神ニンリルの加護（小）　火の女神アグニの加護（小）
土の女神キシャールの加護（小）　創造神デミウルゴスの加護（小）

次にテナント解放されるのは、確かレベル160だぞ。

そんなになるまでにはまだまだ時間がかかるよ。

『大丈夫。ダンジョンを2つか3つ、もしくは4つくらい巡れば余裕』

いや、余裕じゃないから。

ってか、ダンジョン巡りなんてしないよ！

『とにかくがんばって。期待してる』

ルカ様……。

期待されてもまだまだ先ですからね。

『これこれ、ルカよ、無理を言うてはならんぞ。前にも注意したではないか』

『創造神様……』

『普段は大人しいルカが珍しいのう』

『アイス、とても美味しいから』

『そうかそうか。でも、無理を言ってはいかんぞ。次にやったら罰を与えねばならん』

『むぅ、分かった』

トットットと走り去る足音。

『すまんのう。普段はあんなわがままは言わんのじゃが』

「デミウルゴス様、あれくらいなら可愛いものですよ」

他の女神様から受けたプレッシャーに比べればねぇ。

「それより、お供えの期間が空いてしまい申し訳ありませんでした」

デミウルゴス様へは、1週間ごとになっていたんだけど、ダンジョンに籠っていたこともあってちょっと期間が空いてしまっていた。

『そんなことは気にする必要はないわい』

「ありがとうございます。その代わり、今回はちょっと多めにご用意させていただきました」

『ほ～、それは楽しみだわい』

日本酒は、いつものようにリカーショップタナカ厳選の飲み比べセットの中から選ばせてもらった。

秋田名門酒造5本飲み比べセットに東北人気銘酒7本飲み比べセット、日本酒品評会で金賞受賞歴の酒5本セットを2種類、京都人気銘酒5本飲み比べセット、信州人気酒造5本飲み比べセットをチョイス。

それから、梅酒の方もいつものようにランキングから7本を選ばせてもらった。

こだわりの天然温泉水を使った梅酒に芋焼酎仕込みの梅酒、梅の実をブレンドして果肉感たっぷりに仕上げたあらごし梅酒、霊峰白山の天然水を使った水にこだわった梅酒、青いダイヤとも呼ばれる青梅を使い梅の香りや酸味をしっかりと引き出した梅酒、モモやラフランスのような香りがするフルーツ感たっぷりの梅酒、完熟した梅の果肉を贅沢(ぜいたく)に使ってトロトロした口当たりと梅の旨味(うまみ)がぎゅっと凝縮された味わいの梅酒、そして、変わったところで紅茶の風味が合わさった紅茶梅酒というのも選んでみた。

それから、いつものプレミアムな缶つまもたっぷりご用意。

日本酒と梅酒、それから缶つまの入った段ボール数個をテーブルに置く。

「デミウルゴス様、どうぞお納めください」

『ふぉっふぉっふぉっ、すまんのう』

その言葉とともに段ボールが消えていく。

「それと、例のフェルとゴン爺への報酬ですが、あの〝賢者の石〟とかいうの何ですか？」

『賢者の石は賢者の石じゃが？　どうかしたかのう？』

「どうかしたかのうじゃありませんよ！　やり過ぎですってば！　あんなのどうすればいいんですか！」

賢者の石を媒介にして鉄に魔力を流すと、その魔力量により鉄がミスリル、オリハルコン、ヒヒイロカネに変化するって、こんなもん世に出したら争いの種にしかならないでしょうが！

『いや～、お主なら有効に使ってくれそうじゃったし。いいかなぁと思ってのう』

「いやいや、全然よくないですから！　こんなの怖くて使えませんよ！」

『まぁまぁ、持っていて損はないじゃろ。使わないならお主が保管しておけばいいことじゃて』

「いや、そういう問題ではなくてですね。こういうとんでもないものを報酬に……」

『お、呼ばれておるわい。さらばじゃ！』

「ちょっと！　デミウルゴス様ーーーっ！」

第十章 いざ王都へ！

ギルドマスターから買い取り代金、今回も白金貨込みを受け取った。

貯まっていく一方だなと思いながら、アイテムボックスにポイッと入れた。

「で、どうする？　王都に行くかどうか決まったか？」

『もちろん行くぞ』

『リヴァイアサンの解体ができるかもしれんそうじゃからのう』

一緒に来ていたフェルとゴン爺が俺より先にそう答える。

「ということで、行きます」

「お～、そうかそうか」

「もちろん、ギルドマスターも一緒なんですよね？」

「当たり前だろう。儂が行かなかったら、王宮とどう渡りをつけんだよ」

「諸々のことよろしくお願いします」

「おう。任せとけ」

ギルドマスターが一緒だから、ひとまず安心かな。

『王都か。楽しみだな！』

『美味しい物いっぱいあるといいね～』

『王都というのは人がたくさんいるからのう。屋台も美味いのがあるじゃろう』

『うむ。屋台巡りは絶対にするぞ』

食いしん坊カルテットは既に観光気分だ。

俺も王宮参りがなきゃあ観光気分に浸れたんだけどなぁ。

「ギルドマスター、それで、出発はいつに？」

「儂もいろいろと終わらせとかなきゃあいけねぇ仕事があるからな。5日後ってところでどうだ？」

「はい、大丈夫です」

『む、5日もかかるのか？』

『明日にも向かいたいところなんじゃがのう』

『すぐじゃねぇのかよ～』

『あるじー、王都、まだ行かないのー？』

ドラちゃんとスイは念話だからまだしも、フェルとゴン爺は声に出して言わないの。

「無理言わないの。たった5日後なんだから、そんなに先になるわけじゃないだろ。うちの奴らがすみません」

ギルドマスターも苦笑いしている。

「ま、5日後にここに来てくれ」

「はい。あ、行きも帰りもゴン爺に乗ってなので、そのつもりで準備してくださいね」

「の、乗るのか、本当に」

「ええ。古竜（エンシェントドラゴン）に乗れるなんて、そうそうないでしょ。楽しんでくださいね」

そう言ってやると、ギルドマスターってば顔を引き攣（つ）らせていたよ。

王都出発までは、まだ日にちがある。

一昨日（おととい）は、一日中せっせと作り置きの料理を作っていた。

この間作ったけど、いくらあってもいいものだからね。

で、昨日は、フェルたちが『狩りに行きたい』って騒ぎだしたから、それに付き合った。

鳥系の魔物の肉が少なくなってきたから、それ中心に狩ってきてってお願いしたら、コカトリスとロックバード、ジャイアントドードーを狩ってきてくれたよ。

俺の解体練習用にコカトリス3羽だけ残して、あとは狩りからの帰りがけに冒険者ギルドに寄って解体をお願いしてきた。

「この間、あれほど引き取ったってのに」ってヨハンのおっさんが呆（あき）れ顔（がお）だったけども。

あれはダンジョンのだから解体も必要ないものばっかりだったし、あれとこれとはまた別だからね。

引き取りは王都行きのために冒険者ギルドに行ったときにってことにしてある。

そして今日はというと……。

「よし、今日は久しぶりに買い物に出かけるぞ」

『もちろん我も行くぞ』

『儂もじゃ』

『当然俺もだぞ！』

『スイもー！』

「お前らは屋台での買い食いが目的だろうが。まぁ、いいけど」

思い立ったが吉日ということで、久しぶりにカレーリナの街中へと買い物に出かけた俺たち一行。

なんだかんだと目立つが、最初のころに比べれば騒がれることもなくなった。

まぁ、俺たちが通るとスッと避けられたり家の中へ引っ込んじゃう人がいたりはするけど。

人間って慣れるものなんだね。

そんなことをしみじみ思いながら訪れたのは、乾燥ハーブ専門店だ。

何度か買い物しているんだけど、種類も豊富だし、乾燥ハーブをミックスしたものがまたいいんだよねぇ。

特に肉に合うものが多くて、俺もいくつか購入させてもらったりしているのだ。

鼻の良いフェルはこの店が苦手らしく、ちょっと離れた場所に我が物顔で寝転んでいる。

ゴン爺とドラちゃんとスイも特に興味はないらしく、フェルの近くに待機していた。

そんなみんなを残し、俺は店先へと足を運んだ。

「いらっしゃい」

店主は細身の四十がらみのおじさんだ。

少し見て、前にも購入して気に入っているローズマリーっぽい香りのするドライハーブとセージっぽい香りのするドライハーブ、それからオレガノっぽい香りのドライハーブの購入を決めた。

あとは……。

「すみません。なにか新しい乾燥ハーブミックスって出てますか？　肉に合うものがいいんですけど」

この世界って味付けが乏しいから、乾燥ハーブってけっこう重要な役どころなんだよね。

一般家庭でも自分で作るって人もけっこういるし。

こうして店としても成り立つ。

何を使うかやどういう割合で混ぜるかは秘伝になっていたりする。

それだけに、千差万別でいろんな乾燥ハーブミックスがあるんだよね。

ネットスーパーのハーブソルトもいいけど、たまにこっちの乾燥ハーブミックスを使うと新鮮な驚きがあるんだ。

ここの店主が作る乾燥ハーブミックスは、今まで購入したものは全部当たりだったから期待できる。

「兄さん、よくぞ聞いてくれた。かなりの自信作が出来上がったんだ」

そう言いながら店主が出してくれた乾燥ハーブミックス。

香りを嗅ぐと、ローズマリーっぽい香りが強めに出ているが、他にもいろんなハーブが入っていることが窺える香りがする。

いかにも肉料理に合いそうだ。

「いいですね～。これもください」

「毎度あり」

新しい乾燥ハーブミックスを手に入れてご満悦の俺は、フェルたちを引き連れて次なる店へと移動した。

次は塩専門の店だ。

前に手に入れたメルカダンテ産の岩塩がめちゃくちゃ良かったので、追加購入しておきたくて来たのだ。

まぁまぁの値段がしたけど、買って悔いなし。

けっこうな量を買ったからか、店主自らお見送りしてくれたよ。

『おい、まだ終わらないのか？』

『主殿、腹が減ってきたぞ』

『俺も～。早く屋台の肉食おうぜ』

『スイもお腹減った～』

「はいはい。分かってるよ。寄りたいお店はあと1つだから、もうちょい待って」

早くも飽きてきている、というか屋台に目を奪われている食いしん坊カルテット。

だがもう1店舗だけは。

俺が一番楽しみにしていた店なんだから。

そうしてやってきたのは、何度か訪れたことのあるお茶の専門店だった。

「すみません、セリア産のお茶ってありますか？」

「おお、ちょうど仕入れたばかりなんです」

セリアという街特産のお茶は、ランベルトさんのところでいつもご馳走になるお茶だ。

バラの花っぽい香りがして、なんとも高貴で美味しいお茶なのだ。

買おう買おうと思っていて、いつもなんやかやあって手に入れそびれていたから、この機会に購入。

「あとおすすめのものがあればいくつか購入したいと思ってるのですが、おすすめのお茶ありますか？」

こういうのは、素直にお店の人に聞いたほうが良いのが手に入るんだよね。

「それでしたら……」

お店の人のおすすめは3種類。

まず紹介されたのは、エルマン王国のグラナドスという街の特産のお茶。

香りを嗅がせてもらったが、茶葉に乾燥した果実が入ったフレーバーティーで、モモっぽい甘い香りがなんとも言えないお茶だ。

次に紹介されたのが、クラーセン皇国のセラーティという街で作られているお茶。

なんでも生産量が少なくて、貴重なお茶らしい。

香りは烏龍茶っぽい感じで、その中でも前に飲ませてもらったことのある希少品種の黄金桂って
のに似ていた。

ほのかに金木犀っぽい香りがするんだ。

最後に紹介されたのは、この国のブリュネルという街特産のお茶。

こちらも香りを嗅がせてもらったら、紅茶の中にミントっぽい爽やかな香りがした。

気分を変えたい時や食後にピッタリのお茶だそうだ。

本当は他にもおすすめのお茶はあるのだそうだが、今店に在庫があるものの中からだとこの3つ
が特におすすめだとのこと。

もちろん全部お買い上げー。

どれも香りが良くて、今から飲むのが楽しみだよ。

買い物を終えて、店の外で待っていたフェル、ゴン爺、ドラちゃん、スイに合流すると……。

『よし、お主の買い物は終わったな』

『次は儂らじゃのう』

『行くぞー！　俺はあそこの串焼き屋に目を付けてたんだ！』

『スイはね～、あっちのお店が美味しいと思うー』

それぞれが目を付けていた屋台へとまっしぐら。

「って、おいおい、バラバラに行くなよー！」

結局この後は、あっちの屋台こっちの屋台と散々巡らされて、いくつかの屋台を完売御礼にさせ

た食いしん坊カルテットだった。

疲れたよ……。

今日は、お願いしていたがま口財布を引き取りにランベルトさんの店へと来ていた。

暇だと言ってくっついてきた、フェル、ゴン爺、ドラちゃん、スイは店の外で勝手にくつろいでいる。

ランベルトさんと俺は、いつものように店の奥の部屋へ。

そこで、出来上がったがま口財布を見せてもらった。

「おお～、いい出来ですね。さすがです」

大きさも指定通りの手のひら大のがま口財布が出来上がっていた。

がま口の金具もスムーズな開き具合。

ハンターグリーンアナコンダの皮もキレイに処理がされていて、より鮮やかな緑色になっていた。

「バッチリというか、予想以上のいい出来です！」

「それは良かった。職人も、これ以上ない皮に新しい形の財布ということで気合が入っていましたからな」

ランベルトさんの所の職人さんはさすがだね。

いい仕事してるよ。

「それはそうと、小耳に挟んだのですが、ムコーダさん王都に向かうそうですね」

さすがというべきか、耳が早いな。

「ええ」

「それでしたら、ラングリッジ伯爵様にもお会いした方がよろしいかもしれませんね。ちょうど今の時期は、一家揃(そろ)って王都にいらっしゃいますから」

ああ～、やはりか。

それも考えてたんだよね。

伯爵様が王都にいた場合、やっぱり会っておいた方がいいのかなってさ。

【神薬　毛髪パワー】のこととかで伯爵様にはお世話になってるわけだし、王様にだけ会って帰ってくるってわけにはいかねぇ。

「それは考えていたんです。ギルドマスターが一緒に行くので、そこもお願いしようと思います」

「そうしていただけると、こちらもありがたいです」

【神薬　毛髪パワー】の販売に関しては伯爵様からの紹介も大事だもんね。

「そうだ、伯爵様への献上品は何がいいと思いますか？　いつもの育毛剤はお贈りするとして、やっぱり奥様とお嬢様用にシャンプーとトリートメント、ヘアパックもあったほうがいいですよね」

「そうですね。あと高級石鹸(せっけん)も」

「ただ、それだといつもと変わらないんですよね。わざわざ王都で会うってこともあるし、もう少し何かあった方がいいですよね？」

「それはそうですね。それならば……」

ランベルトさんが提案したのは、マリーさんに卸すことになっているオールインワンジェルだった。

その存在は伯爵様の奥様とお嬢様も既に知っていて、出処も俺だろうと見当はついているそうだ。

まぁ、伯爵様の家とはいろいろとあるし分かっちゃうよな。

「分かりました。あのクリームも入れることにします。あと、ダンジョンから出たものなんかも入れた方がいいですかね？」

「そうでしたね……。ムコーダさん、いくつものダンジョンを踏破していらっしゃったんでした」

ランベルトさん、なに遠い目をして黄昏てんの？

「そういう品は王様へ献上なさるのでは？」

「献上する品もありますけど、それ以外にも細々した宝石とかけっこうあるんで」

「細々した宝石、ですか……」

え、俺なんで呆れたような顔で見られてるの？

「宝石もいいですが、もし、ダンジョンで高ランクのポーションなどを得られたのであれば、そちらの方がお喜びになるかもしれません」

ランベルトさんが言うには、いざというときのポーション確保は貴族の責務でありステータスでもあるらしい。

「あ、それならば……」

俺は、アイテムボックスにあったスイ特製ポーションを取り出した。

「下級、中級、上級と揃ってます。ダンジョン産ではないんですが、伝手（つて）があって、割と手に入りやすいんです」

なにせ作っているのはスイちゃんだからね〜。

「それぞれ5本くらいでどうでしょうか？」

「それぞれって、上級も5本ということですか？」

「ええ」

ランベルトさんの顔がなんだか引き攣っているんだけど。

どうかしたのかな？

「ハァ〜、またこの人は………。上級5本は多すぎです。下級3本と中級と上級は1本ずつで十分だと思いますよ」

「分かりました。そうします」

ランベルトさんの言う通りにした方が間違いないだろうからね。

それから、マリーさんへオールインワンジェルは明後日（あさって）くらいの納品になる旨の言伝（ことづて）をお願いした。

詳細は、いつもの通りコスティ君を通してということも付け加えて。

その後、少しの世間話の後、ランベルトさんの店をおいとました。

店を出たとたんに、待ち構えていた食いしん坊カルテットに買い食いを強請(ねだ)られて、その後は昨日に続いて屋台巡りをすることになったけどね。

家に帰ると、テレーザたち女性陣がちょうど母屋の掃除を終えて帰るところだった。

ちょうどいいので奴隷(従業員)全員に集まってもらうように言付けを頼んだ。

少しの後、奴隷(従業員)が集まってきた。

広いリビングは腹いっぱいになった食いしん坊カルテットが昼寝して占領しているので、玄関ホールにて。

「この前の旅ではお土産がなかったからな。その代わりのようなものなんだけど……」

そう言いながら、今日受け取ってきたばかりのがま口財布をみんなに配る。

「ダンジョンで獲(と)れた皮で作った財布なんだ。みんな財布持ってなかったみたいだからさ、いいかなと思って。緑色の皮がイイ感じだろ」

トニ一家とアルバン一家の面々はがま口財布に目を輝かせている。

しかし、冒険者組はなぜか顔を引き攣らせていた。

「ちなみに聞くけど、ダンジョンってどこのダンジョンなんだ？」

「ムコーダさん、ロンカイネンの街に行くって言ってたよな？　俺の記憶が正しければ、ロンカイネンの街の近くにダンジョンなんてねぇはずなんだけど」

そう聞いてきたのはルークとアーヴィンだ。

お前ら抜けてるはずなのに、鋭いこと聞いてくるな。

「ええと、まだあんまり知られてない小国群にあるダンジョンだよ」

そう言うと、コソコソと「聞いたことあるか？」とか「手つかずってことか」なんて言葉が聞こえてくる。

「踏破はしたのかい？」

タバサがそう聞いてくる。

「フェルとゴン爺がいるのにしないと思う？」

そう逆に問い質(ただ)してやると、冒険者組一同「だよな」と納得顔だ。

「でじゃ、この皮はいったいなんの皮なんじゃ？　儂が一度だけ見たことのある蛇の魔物の皮に似ているんじゃが、その魔物の皮じゃったら、こんな風にホイホイと儂らみたいな奴隷に渡していい皮じゃないはずなんじゃけどのう」

バルテルがジト目で俺を見ながらそんなことを言った。

「この鮮やかな緑色の皮を見てアタシが予想したのもそうなんだよね。でも、それだとさすがにこうホイホイと渡してこないって思いたいんだけど……」

タバサまでジト目で俺を見てくる。

「蛇の魔物で緑の皮って、まさかアレか？」

「去年のオークションに出てた……」

ギクッ。

もしかして、ルーク&アーヴィンも分かってんのか？

「金貨1000枚近くの値がついて、冒険者の間ですごい話題になった。俺でも知ってる」

あれ、ペーターまで知ってる？

「え、えと……」

あれ、なんであげる側なのにこんなに汗かかなきゃいけないのかな？

「で、もう一度聞くが、なんの皮なんじゃ？」

バルテルがトドメとばかりにもう一度聞いてきた。

「…………ハンターグリーンアナコンダ」

バルテルの圧に負けて、俺はそうボソリとつぶやいた。

それを聞いた冒険者組からは「やっぱりか……」とか「あちゃ〜」とかいう言葉とともにため息が聞こえてきた。

「あのなぁムコーダさん、小物だろうがハンターグリーンアナコンダの皮を使ったもんを奴隷にやるなんっちゅうことは普通なら誰も考えもせんことなんじゃぞ」

呆れたような顔をしてバルテルがそう言ったのを皮切りに、冒険者組からとくとくと説教をされた俺。

こんな高価なものをなんで俺たちにだとか、こんな高価なものを持っていたら逆に襲われる可能性がだのとさ。

確かに襲われる可能性は考えてなかったけど、でもさぁ……。

「俺がいいって言ってるんだからいいの！　外に持っていくと危ないっていうなら、家で小物入れにでも使ってよ」

がま口なら小物入れにもいいでしょ。

だいたい君たち話が長いし、くどいよ。

それにさ、話を聞いてたトニ夫婦とアルバン夫婦も顔を青くしちゃってるじゃないか。

ロッテちゃん以外のある程度話の分かる子どもたちもオロオロしちゃってるし。

「いざっていう時には売るって手もあるしさ。とにかくみんなにあげたものなんだから持っていなさいって」

そう言って、みんなを玄関から追い立てて家へと帰した。

みんながいなくなったところで、ふと考える。

「そういや、みんな財布がないからあのがま口財布にしたのに、あれじゃ外に持っていけないってことか。それなら、今度はもっと普通の皮、レッドボアの皮とかそんなので作ったがま口財布をプレゼントするってのもありだな」

そんなことを思う俺だった。

いよいよ明日には王都に向かう。

その前にと、俺は1人とある準備にとりかかっていた。

伯爵様と王様への献上品の用意である。

「こういうのはフェルたちに聞いてもまったく参考にならないからなぁ～」

ということで、フェル、ゴン爺、ドラちゃん、スイが寝静まった後、この間手に入れたばかりのお茶を飲みつつ作業に取りかかる。

ちなみに、選んだお茶はエルマン王国のグラナドス産のお茶だ。

茶葉に乾燥した果実が入ったフレーバーティーは、モモに似た甘い香りがして心安らぐ。

それにしても……。

「マジで美味いわ、このお茶」

一口ゴクリと飲んでホッと一息ついた。

「さてと、まずは伯爵様への献上品だな」

ランベルトさんのアドバイスのとおりに既に物は準備してある。

いつもの育毛剤を3本に、育毛シャンプーも3本。

それから、奥様とお嬢様用にシャンプーとトリートメント、ヘアパックをそれぞれ3本ずつ。

ローズの香りの高級石鹸を6個。

そして忘れちゃいけないオールインワンジェルを4個。

その他にスイ特製ポーションを下級3本と中級と上級は1本ずつ。

これを……。

「アイテムボックスを漁ってて見つけたこの宝箱を入れ物にしてと」

この宝箱は、確かドランのダンジョンのドロップ品だったはず。

ミミックから出たような覚えがあるな。

多分だけど。

それなりに宝石もついていて見栄えもいいから、これにしてみた。

これにイイ感じに詰めてと。

「よし、こんなもんでいいだろう」

これで伯爵様への献上品は準備ＯＫ。

次は王様への献上品なんだけど……。

「事前にギルドマスターに相談しとけばよかったな」

まぁ、でも今更だからな。

適当に選んじゃおうっと。

やっぱ宝石類がいいのかも。

なんとなくだけど。

ということで、この間のダンジョン産の宝石と、手付かず状態で溜まっている宝石類をとりあえず出してみた。

「うむ。多いな……」

こんなにあったのかと自分でもビックリ。

「王様への献上品だから、小粒、中粒の類は除けてと……」

それに宝飾品も大粒のものが付いたもの以外は除けていく。

「大分少なくはなったけども。ふむ、どれにしようか」

この間のダンジョン産のやつは見栄えがいいから入れておいた方がいいだろう。

ということで、カリブディスのドロップ品のティアラだな。

サファイアとダイヤモンド、そして真珠がこれでもかというくらい、ふんだんに使われたティアラは見栄えも素晴らしい。

聞いた話では、上流階級女性たちの間で奪い合いが発生しているくらいだから価値も高いしいいだろう。

シーグヴァルドさんが「戦の原因にも……」なんて言ってたからビビッてアイテムボックスで永久保存だーとか思ってたけど、鑑定してみたら別に曰く付きでもなんでもなかったし。

やっぱり大袈裟に言ってただけなんだよ、きっと。

ということで、いい厄介ばら………、ゲフンゲフン。

しかし、そういう理由ならこれもどうにかしたいところだけど……。

そう思いながら宝石にしてはずっしりとした重みのあるそれを手に持った。

「これこそ曰く付きなんだよねぇ……」

ブリクストのダンジョンで手に入れた曰く付きのブルーダイヤモンド。

小国を攻め滅ぼしてまで手に入れた逸話がある、なんて鑑定に出ちゃってるんだもんなぁ。

逸話とはいえ、知っていて「何てものを！」なんてイチャモンつけられても面倒だし、とりあえずは保留にしておいたほうが無難かな。

少々残念に思いながらアイテムボックスにしまった。

えーと、あとは……。

「これがいいかな」

フェルたちがダンジョンの洞窟から持ってきた宝箱に入っていた短剣だ。

これでもかと宝石が装飾された豪華な短剣。

実用に耐えうるかというと疑問だけど、これも見栄えだけは格別だからね。

あとは同じくフェルたちが洞窟から持ってきた宝箱に入っていた大粒のダイヤモンドだな。

その他には、どこのドロップ品だったかは忘れたけど比較的見栄えのいいルビーの指輪と宝石がちりばめられたブレスレットと黄金のゴブレットをチョイス。

「まぁ、こんなもんでいいでしょ」

直接会いに行くのだからとちょっと多めに献上品も選んだし、大丈夫なはず。

「はぁ～、しかし、王都か……」

面倒くさそうだから避けていたんだけどなぁ。

ま、行くと決まったんだからしょうがない。

イヤなことを終えたら、王都観光を楽しもう。

俺は、美味いお茶を飲みながら、気持ちを切り替えて明日に備えて床に就いたのだった。

◇　◇　◇　◇　◇

そして、王都へと向かう当日——。

やってきたのはお馴染(なじ)みの冒険者ギルド。

まずは、頼んでいた肉を引き取りにヨハンのおっさんのところへ。

「こんちは～。肉、引き取りに来ましたー」

「おー、出来てるぜ」

そう言って、解体済みのコカトリス他の肉を次々と出してくるヨハンのおっさん。

それをアイテムボックスにしまいつつ世間話を。

「王都でも狩りに行くのか？」

「いや～……」

『行くぞ』

『うむ』

『街中ばかりじゃ飽きるからな』

『狩り、行く～！』

「……行く、みたいです」

王都なら冒険者もそれなりにいるだろうし、塩漬け案件なんてものもないだろうから、面倒事さえ済めば少しはゆっくりできるかもなんて思ってたけど、ダメみたいね。

トホホ……。

「王都周辺じゃ、大物はそうそういないかもしれねぇけどよ、なんか獲れたらこっちにも回してくれや」

「ハハ、あんまり期待しないでくださいね」

王都じゃ近場は冒険者に獲り尽くされてそうだもんね。

『期待しているがいい。我らなら少々足を延ばしたとて造作もないことだからな』

え、なに自信満々そうに言ってんのフェル。

「遠出なんてしないよ」

『まぁまぁ。儂がいるんじゃから少々の場所なら余裕で日帰りできる。主殿、心配せんでも大丈夫じゃ』

ちょっと、ゴン爺までなに言ってんの？

「いや、だから、遠出なんてしないって。なんで王都くんだりまで行って、狩りに遠出しなきゃなんないの」

「クク、お前も大変だなぁ。ま、期待して待ってるからよ！」

いや、期待しなくていいですからっ。

『王都での狩りは、遠出すんだってよ。なにが獲れるかな？　楽しみだぜ～』

『おいしいお肉だといいね～』

ドラちゃんもスイも乗っからないの！

遠出なんてしないからね！

ってか、ヨハンのおっさん、そんな気軽に「期待してる」なんて言ってると、こいつら本当にとんでもないもの獲ってきますからね！

自重するなんて考えはないんですから！

まったくもう。

王都で狩りに行くときは、注意してないとダメだなこりゃ。

ヨハンのおっさんと別れて、窓口へ。

ギルドマスターを呼んでもらうと、すぐにやってきた。

「待たせたな」

「いえ、俺たちも今来たところなので」

ギルドマスターは、ちょっと古びた肩掛けカバンを下げただけの姿だった。

「マジックバッグですか？」

「おう。冒険者時代から愛用してるな」

なんでもマルベール王国のダンジョンで見つけたものだそうだ。

古びてはいるけど、割としっかりした造りのマジックバッグだ。

こういうタイプのもあるんだな。

フェルたちに持たせるにしても、こういうものの方がいいかもしれない。

ちょい欲しいかも。

「それじゃあ行きますか」

「おう」

俺、フェル、ゴン爺、ドラちゃん、スイ、そしてギルドマスターの一行は、まずは街の外へと向かった。

街を出て、ちょっと行ったところにあるいつもの草原地帯。

ここはゴン爺の離着陸に最適な場所なんだよね。

「それじゃあゴン爺、お願い」

『あい分かったのじゃ』

そう言って、ゴン爺が大きくなった。

それを見て、ギルドマスターが息をのんだ。

「お、おい、本当に、乗るのか？　古竜（エンシエントドラゴン）に……」

「今更何を言ってるんですか。乗るって言ったでしょうに。ギルドとしても、近隣の街にも知らせたんですよね？」

「いや、まぁ。それはな……。いきなりドラゴンが現れたんじゃ、大騒ぎになるから、通知は出したが……」

「それなら、早く乗っちゃってください」

「ちょちょっ、ちょっと待て！」

「もう、なんですかぁ～」

『おい、なにをもたもたしている』

「ほら、フェルが焦れてるじゃないですか」

フェルとドラちゃんとスイは既にゴン爺の背に乗って準備万端だ。

「いやな、ほれ、心の準備というものが……」

そんな強面な顔をして、そんな弱気なこと言わないでくださいよ。

「大丈夫ですって。俺も最初はビビりましたけど、背中の真ん中あたりに乗って、下さえ見なければいけます」

何度も乗ってる俺が言うんだから間違いない。

遥か下を見て高所にいることを自覚するから怖くなるんだ。

下さえ見なければなんとかなる。

「はいはい、乗った乗った」

ギルドマスターの背中を押して、ゴン爺にさっさと乗せた。

「ゴン爺、みんな乗ったぞ」

ゴン爺の背中をポンポンと叩きながらそう知らせる。

『うむ。では、出発じゃ』

そう言うと、ゴン爺が悠然と飛び立った。

どんどんと高度を上げていくゴン爺。

そして……。

「ヒィィィィッ、わ、儂は降りる！　降りるぞーっ!!」

地面を離れ浮遊する感覚に顔を青くするギルドマスター。

「ちょっ！　暴れないでくださいって、ギルドマスター！！！」

暴れるギルドマスターの巨体を押さえる俺。

座っていればいいものを、立ち上がって暴れていたギルドマスターが遥か下にある街並みをまともに見てしまった。

「ヒィィィイッ……」

バタン――――。

「あ、白目むいて倒れた」

『フン、情けないのう』

「まぁ、最初はね。俺だってようやく慣れてきたんだから」

悠然と大空をはばたくゴン爺は、俺、フェル、ドラちゃん、スイ、そして気絶したギルドマスターを乗せて一路王都へと向かったのだった。

キャベツ、キャベツ、キャベツ、キャベツ、キャベツ。

はみ出すほど満杯にキャベツが入った麻袋。

それがいくつもいくつもいくつも玄関ホールに並べられて、うちはキャベツだらけになっていた。

いつものごとくのアルバンからの差し入れだ。

ニコニコで「予想以上の豊作だったので」なんて言って置いていってくれたけど……。

「多過ぎでしょ……」

いや、アルバン印の野菜はどれも美味(うま)いし、キャベツも当然美味いし嫌いじゃないけどさ。

でも、これはさすがに多いわな。

「こりゃあフェルたちにも食わせないとずーっとアイテムボックスに残りそうだな」

肉大好きのあいつらからはイヤな目で見られそうだけど。

特に肉至上主義なフェルからは非難囂々(ごうごう)になりそうだな。

まぁ、それでもトンカツとか生姜焼(しょうがや)きの付け合わせに使ったり、野菜炒(いた)めなんかにも使ってなんとか食わせるとするか。

とは言っても、ホント、1年分、いやそれ以上かも、なキャベツだよな。

ま、まぁ、アイテムボックスに入れておけば腐ることはないから、なんとかなるでしょ。多分。

そんなことを考えながら、玄関ホールに溢(あふ)れたキャベツをアイテムボックスへしまっていった。

「よしと。しかし、アルバンの育て方もいいんだろうけど、あの畑ヤバイな。偏るとものすごい量になる。広く浅くでもっといろんな種類を作るようにしてもらわないとだわ」

アルバンはできた野菜は必ず差し入れしてくれるから、偏るとこっちが消費するの大変になるわ。

今度、種を渡すことになっているからそん時にしっかり言っとかないと。

「とりあえずはこのキャベツをちょっとでも減らしておくか」

そうつぶやいてキッチンへと向かった。

「やっぱりこういう時のレシピは無限系に限るな」

丸々として全体にツヤとハリのある色鮮やかな緑色をしたキャベツを1玉アイテムボックスから取り出した。

ドンッ――――。

「おっも」

葉がぎっしりと詰まったキャベツは重さも相当ある。

「そして、今回作る無限キャベツに使うアレをネットスーパーで買って……」

ササッとネットスーパーを開いてポチリ。

「よし。これでいいな」

無限系のレシピでもキャベツを使ったものはいろいろあるけど、今日は干しエビを使った炒め物で。

干しエビの香ばしさと旨みとキャベツの甘みが抜群の組み合わせで普通にご飯のおかずにもなるし、ビールにも合う最高の無限キャベツなんだ。

火を使うレシピではあるけど、超簡単。

まずはキャベツを5ミリ幅くらいの細切りに。

そうしたら、フライパンにゴマ油をひいて熱していく。

そこに干しエビを投入。

干しエビを炒めて行って、香ばしい香りが立ってきたところで細切りにしたキャベツを加える。

キャベツがしんなりしたら、酒・みりん・醤油を入れて炒め合わせれば完成。

今回は味付けに酒・みりん・醤油を使ったけど、酒・塩・胡椒でもあっさりして美味いぞ。

醤油を使った方が米に合うから今回はこっちにしたけど、塩の方はより干しエビの香りと香ばしさが際立つな。

まぁ、好みの問題ではあるけどな。

どれどれ、味見をば。

「美味いなぁ。干しエビがいい味出してるわ。キャベツも炒めすぎてないからほどよい食感が残ってるのがバッチリだわ」

シャキシャキと一口、また一口とついつい手が出る。

「あ～、ビール飲みて～」

思わずそう口をついたところに……。

『主殿』

ゴン爺がのそりとキッチンに顔を出した。

「ん？　ゴン爺、どうした？」

『なにやら良い匂いがしたので覗いてみたのじゃ』

「フェルたちは？」

『彼奴らは庭で昼寝しているぞい』

「あ、そうなんだ」

『して、匂いの元はそれか？』

「いや、まぁ、そうだけど」

干しエビの香りに釣られたのかな。

『その匂いビールに合うような気がするのじゃが』

そう言ってゴン爺の目がギラリと光った。

ギクッ。

この酒好きドラゴン、酒に合うつまみの匂いを嗅ぎ分けるようになったのか？

「い、いや、そんなことはないかな～」

『それはおかしいのう～。さっき主殿が「ビール飲みて～」と言っていたのもバッチリ聞いているのじゃが』

ゴン爺がニッと笑って鋭い歯を見せながらキッチンの中に入ってくる。

グッ、聞いてやがったか。

ピーンチ。

なんか汗が止まらないんだけど。

『主殿～、嘘はいかんぞ嘘は』

ゴン爺はもう目の前に。

そして、俺の肩に前脚をチョコンと置いて『のう』なんて言ってくる。

「あ～、もう、そうだよ。これはビールにもバッチリ合うよ」

『グフフフフ。そうじゃろう、そうじゃろう』

なにその笑い声。

なんか下品になってるぞ、ゴン爺。

『ということで、分かるのう？』

「なにが」

『ビールじゃビール』

「ハァ？　昼間からダメだろうが。フェルたちに見つかったら怒られるぞ」

そうじゃなくてもゴン爺は酒での失敗が多いんだから。

『なぁ～に、彼奴らグッスリと眠っていたから大丈夫じゃって。バレやせんわい』

「え、いや、あのさ」

『……おい』

その声を聞いたゴン爺がビクリとして振り返った。
「あー、起きて来たみたいだぞ」
キッチンの入り口にフェル、ドラちゃん、スイがいた。
『昼間から酒をせびるとは、落ちたものだな』
『エンシェントドラゴンが聞いて呆れるぜ。幻滅～』
『ゴン爺、カッコ悪い～』
『なっ!?』
ゴン爺、フェルたちからの評価がダダ下がりだな。
ま、自業自得なとこあるけど。
『好きなんじゃもん昼間に飲んだっていいじゃろうがーっ』

あとがき

作者の江口連です。「とんでもスキルで異世界放浪メシ　15　貝柱の冷製パスタ×賢者の石」をお手に取っていただきまして嬉しく思います。

本当にありがとうございます！

このシリーズもとうとう15巻となります。

いつの間にかここまで来たという感じです。

昨年はアニメ化もされて、本当に感慨深いです。

この物語を書き始めた当初は、書籍化はもとよりコミカライズ、アニメ化など考えてもいなかったのに、本当に人生ってわからないものだなとつくづく感じているところです。

アニメ化まで実現できて、ここまで続けられているのも本作を読んでいただいている読者の皆様のおかげだと本当に感謝しております。

15巻は、いよいよダンジョン攻略です。

ムコーダ一行にとっては、というか食いしん坊カルテットにとっては通常運転のところ、〝箱舟〟の面々にとってはドン引きの事態だったりとそのギャップを楽しんでいただけたらと思います。

それから、個人的には食いしん坊カルテットだけで遊び（ダンジョン内洞窟攻略）に行くシーンが書いていていて楽しかったので、読者の皆様も楽しんでいただければ嬉しいです。

そしてそして、嬉しいお知らせが。

アニメの二期制作が決まりました！

二期が決定したのも読者の皆様やアニメをご視聴してくださった皆様のおかげです。

本当にありがたいし嬉しいです。

二期も引き続きＭＡＰＰＡさんの制作です。再びあの神がかった料理シーンが見れると思うと嬉しくてたまりません。

乞うご期待です。

イラストを描いてくださっている雅(まさ)先生、本編コミックを担当してくださっている赤岸(あかぎし)Ｋ先生、そして外伝コミックを担当してくださっている双葉(ふたば)もも先生、アニメの制作に関わっている皆様、担当のＩ様、オーバーラップ社の皆様、本当にありがとうございます。

最後になりましたが、皆様、これからものんびりほのぼのな異世界冒険譚(ぼうけんたん)「とんでもスキルで異世界放浪メシ」のＷＥＢ、書籍、コミック、アニメともどもよろしくお願いいたします。

16巻で再びお会いできることを楽しみにしております。

とんでもスキルで異世界放浪メシ 15
貝柱の冷製パスタ×賢者の石

発行 2024年2月25日 初版第一刷発行
2024年10月9日 第二刷発行

著者 江口 連
イラスト 雅
発行者 永田勝治
発行所 株式会社オーバーラップ
〒141-0031
東京都品川区西五反田8-1-5
校正・DTP 株式会社鷗来堂
印刷・製本 大日本印刷株式会社

ISBN 978-4-8240-0634-9 C0093

【オーバーラップ　カスタマーサポート】
電話 03-6219-0850
受付時間 10時～18時（土日祝日をのぞく）

作品のご感想、ファンレターをお待ちしています

あて先：〒141-0031　東京都品川区西五反田8-1-5 五反田光和ビル4階　ライトノベル編集部
「江口 連」先生係／「雅」先生係

スマホ、PCからWEBアンケートにご協力ください

アンケートにご協力いただいた方には、下記スペシャルコンテンツをプレゼントします。
★本書イラストの「無料壁紙」　★毎月10名様に抽選で「図書カード（1000円分）」

公式HPもしくは左記の二次元バーコードまたはURLよりアクセスしてください。
▶ https://over-lap.co.jp/824006349
※スマートフォンとPCからのアクセスにのみ対応しております。
※サイトへのアクセスや登録時に発生する通信費等はご負担ください。

オーバーラップノベルス公式HP ▶ https://over-lap.co.jp/lnv/

チートなスローライフ、はじめます。

異世界からクライロード魔法国に勇者候補として召喚されたバナザは、レベル1での能力が平凡だったため、勇者失格の烙印を押されてしまう。さらに手違いで元の世界に戻れなくなってしまい——。やむなく異世界で生きることになったバナザは森で襲いかかってきたスライムを撃退し、レベルアップを果たす。その瞬間、平凡だった能力値がすべて「∞」に変わり、ありとあらゆる能力を身につけていて……!?

Chillin Different World Life of the EX-Brave Candidate was Cheat from Lv 2

OVERLAP NOVELS
異世界でスロ～ライフを願望
いせかいですろ～らいふを（がんぼう）
I have a slow living in different world
（I wish）
シゲ［Shige］
イラスト：オウカ［Ouka］
スローライフのカギは、美少女奴隷と『お小遣い（固有スキル）』!?
シリーズ絶賛発売中！